「哲學家說我們都向死而生，然而我們卻也都向光而行。」

怕光的行星

——渴望閃爍，卻又畏懼目光，
我們都是自相矛盾的星體。

狼焉　文

目錄

第一章 畏光的你

——渴望閃爍，卻又畏懼目光，我們都是自相矛盾的星體。

第二章 天體塌縮

——我知道盛極必衰，也知道每一個看似猝不及防的失去
其實都不是偶然。

目錄

第三章 星河離散

——平行時空的你，是不是比我還要勇敢。

第四章 相聚萬年

——在浩瀚的銀河裡，謝謝你與我並肩遙望同一片星空。

第一章

畏光的你

「渴望閃爍，卻又畏懼目光，
我們都是自相矛盾的星體。」

流浪行星
Rogue Planet

不圍繞任何星體公轉，卻具有行星質量的星體。因為不受任何恆星引力束縛，而流浪於宇宙中，年復一年，永無止盡。

遺世獨立的星星

我們會枯坐在隕石坑旁精疲力盡，
幾經絕望並試著放棄。
可是當我們望向黑夜，
繁星又會點亮胸臆中微弱的光芒。

如果說這兩年間，哪一個詞最能代表人的內心，那必然是孤寂。

畢業旅行和典禮都不見了、升學計畫和工作規劃也被打亂。一個個代表人生某種意義的活動被取消，儀式感沒了，徒留遺憾。

熱鬧的地方如夜市、假日市集、美術館、景點都不能去，然後繁華落盡，有一天你最喜歡的小咖啡店在臉書上發了致謝詞，公告結束營業。

眼看他起朱樓，眼看他宴賓客，眼看他樓塌了。你甚至不敢去想最後一次光顧是什麼場景，那時候有多愜意，現在就有多傷心。

孤寂並不單單是因為一個人被困在房間裡出不去，孤寂來自遺憾、來自不確定性、來自沒有選擇。

以前與自己獨處之所以快樂是因為我們有選擇。我們有餘裕可以選擇晴朗的午後在房間裡吹著冷氣看書，也可以選擇去自己喜歡的咖啡廳喝一杯有可可香氣的冰拿鐵。我們擁有自由，擁有自己明天乃至於明年該嚮往哪種生活的決定權。疫情爆發後離開家都是不得不，出門只記得錢包口罩酒精，因為那一天是身分證末號雙數可以去藥局買口罩的星期四。而今我們小心翼翼，只怕任何一點對未來的希冀，一次又一次只換來失望。

卡繆的短篇小說《鼠疫》*中，令我最印象深刻的一句話是

「瘟疫為奧蘭市民第一個帶來的就是放逐。」因為人們「不是妄想時光倒流就是相反地妄想時間飛逝。」

我們會不自覺說起「好想回到那個時候」，也會嘆息著說「希望這一切趕快過去」。不確定性使人感到無力，什麼都做不了的狀況下自我價值感不停降低。如果愛因斯坦說的是真的，那我們未來還可以透過時間旅行回到被耽誤的這幾年，圓滿所有遺憾嗎？即使未來能夠，五十歲的我們也不會理解二十二歲畢業前夕與朋友在海邊嬉戲時，浪花中對分別的不捨雜揉著對未來憧憬那種無以名狀的情緒。

---

*卡繆《鼠疫》，講述一九四〇年代法國一處名為奧蘭的殖民地爆發瘟疫的故事。

如今只能待在家裡，與螢幕中會議裡的人視線沒有交集。傳了訊息給好朋友，但他也有自己的課題。我們才知道原來有些低谷，還是必須要自己走完。

不知道什麼時候會「好」，不知道虛度的光陰什麼時候能被補回來，不知道自己還有沒有幸能安然活過這一年。每個人都很努力，但每個人都在看不到盡頭的焦灼中感到疲倦，就像拉緊太久快要繃斷的彈力繩一樣。

常常醒來希望這場世界型災難是場夢，覺得未來回憶這幾年一定充滿遺憾且不值一提，最好能把這段痛苦的經歷刪掉也行。

可是人的生活是一天天積累而成的，沒有辦法忽略每一分每一秒帶給我們的改變。我喜歡的漫畫角色說過：「枕邊的頭髮越來越多，喜歡的麵包從便利商店的架上消失，這些微小的絕望不斷累積，才會使你變成大人。」＊

未來的日子裡必定還會有今天這些遺憾所烙下的印記。

每個人都像是一顆離群索居的星星。

失去自由、放棄計畫、害怕生病、厭倦等待，這些苦痛就像是碎石，劃破我們的臉龐，發出轟然巨響並撞出一個個坑洞。我們會反抗、會舉起手臂格擋、會憤怒、會因為徒勞無功而流淚。我們會枯坐在隕石坑旁精疲力盡，幾經絕望並試著放棄。

＊出自芥見下々《咒術迴戰》。

可是當我們望向黑夜，繁星又會點亮胸臆中微弱的光芒。

我們無法改變現況，卻也無法停止嚮往明天。所以在失序的生活逐漸邁向正軌以前，必須先撫平這些傷痕累累的坑洞。因為只有我們自己，才有辦法把這些心碎都當作前進的燃料，飛往下一個遠方。

我們都需要持之以恆地練習。

光害

快樂的時候會因為太多外在干擾而無法專注於目標，會載浮載沉於閃閃發光的星河。

歷經低潮的時候也會因為悲傷而被淚水浸濕，眼前所見都被心底的風暴所遮掩。

但是當我們抹乾眼淚抬頭，便會發現原來它一直都在指引著方向。

理想，是一直都在黑夜裡獨自閃爍著的溫柔光芒。

溫柔是對自己堅定

永遠保持同理，

但銘記自己的原則與初心。

去年看完一支與護家盟對談的影片後，我寫了一篇文章，說「溫柔不是忍讓」。內容是這樣的：

「我們常常被要求要同理、要傾聽、要用對方根本不會拿來對你的良好態度對待他。就好像是人際關係裡很大的一個誤區，很多時候你越是善良就越要體諒、要溫良恭儉、要向對你丟石頭的人說謝謝。

溝通是雙向的，但當雙方無法站在同一個水平線上說話，一步步退後只會讓自己摔下懸崖。最後你的心支離破碎，他卻還完整地站在那裡把石頭丟向下一個人。」

有讀者在留言處提問，溫柔對我來說是什麼呢？我想了想，應該是對自己堅定。

很多人對於善良的理解是這樣的，即使立場不同也能溫和地像一個賢人一樣廣納建議，傾聽並同理。但他們卻在傾聽之後默不作聲，沒有表達自己的立場，最後委屈了自己，忍耐、妥協、暗自傷神，對方還以為說贏了、說得你啞口無言。

我認為溝通是雙向的，無論哪一種只有傾聽沒有表達的對談，都不能稱之為溫柔。

或許我心底的一份執拗，是對公平正義、對據理力爭的固執。我討厭軟弱的人、討厭無意義的忍讓、討厭和光同塵隨波逐流，我始終不懂為什麼在遇到阻礙時許多人連據理力爭都不肯嘗試。

有些人帶給他人苦難，會說對方都是有選擇的，荒謬地營造出一種對方明明有選擇，偏往虎山行的假象；有些人會成為他人的地獄，卻只因為他們足夠張揚便使無知的人們跟著賀喜。

電影《模仿遊戲》講的是一九三九年電腦科學之父艾倫圖靈以劍橋大學天才之姿，在第二次世界大戰中為英國政府破譯了德國納粹密碼的故事。一九五二年他因為身為同性戀而被政府判刑，面臨兩個選擇：坐牢兩年或化學閹割，他選擇了後者。兩年後吃了一口毒蘋果自盡身亡，得年四十一，一顆還能綻放無限光芒的星星就此殞落。

電影沒有講的是在他死後六十年萬人連署為他平反時，英國上議院否決時說的話。「當時圖靈應當知道他的所做所為會觸法，並且會被起訴。」

是呀。乍看之下他有過很多選擇，選擇成為同志、選擇犯法、選擇被治療、選擇自殺。但實際上，他一直都退無可退。

若我們在能為他人及自己發聲的時候選擇沉默與妥協，便是一退再退，最後退到山崖邊，無路可行。那我們是不是還會看著其他耀眼的星子，被吞噬在黑暗之中？

做為16型人格中堅守生活邏輯與原則的「建築師」，執拗的我常因他人的無所作為、或他人一句「算了吧，認真你就輸了」而生氣。不喜歡不清不楚的事，凡事都喜歡先梳理好了再去執行。

說到底可能是怕麻煩、怕被誤解、怕被誤解而需要解釋、怕誤解他人的意思而需要調整方向，無論是哪種對我來說都是很耗費時間與精力的。

偶爾會覺得這樣的自己太適合理工科了，非黑即白沒有模糊的空間。但可能就是文學沒有唯一解答的思辯空間，讓我多了一份柔軟吧。

天文學家卡爾・薩根說：「站在宇宙的角度，我們每個人都是珍貴的。所以如果有人不贊同你，那就讓他走吧。在一千億個星系中，你一定還能找到其他人。」

但就因為我們擁擠地居住在同一顆星球，所以才會去努力化解干戈，為自己理想的世界盡力而為。擁有自己的原則時，我們並不只是為捍衛誰的權益而發怒、為了保護哪個特定族群而堅強，大多時候我們之所以能感同身受地為他人展現溫柔，都是為了堅持自己理想中的世界，讓這顆星球不要因為誤解和仇恨一步步變得面目可畏。

我認為溫柔是對自己堅定，是為自己強悍而勇敢。

永遠保持同理，但銘記自己的原則與初心。理解他人的難處，卻不過分遷就；勇敢告知自己的底線，不讓自己總是為難。

在體諒他人之前，必須先體諒自己。

流星
Meteor

漂浮於宇宙間的塵埃。被地球引力吸引進入大氣，溫度因摩擦而變得極高，燃燒而產生光跡。落在地面則成為隕石。墜落前被加諸許多浪漫的願望，墜落後卻成為一片燎原的荒蕪。

執迷不悟

害怕墜落時，越想緊握的就越是失去控制，越是失去控制就越會把改善關係的期望，寄託在對方身上。

1

「我不想再相信什麼墜入愛河。一見鍾情說到底就只是大腦分泌苯乙胺的把戲而已。」

人們墜入愛河所說的「墜落」，是忘記所有自己曾經不喜歡的東西，眼睛裡只裝得進愛人所有的優點，讓務實的科學家說出能拿梯子摘月亮的話，還深信不疑。

就像星星墜入凡間，綻放在她的眼睛裡，她曾對這些浪漫深信不疑。

2

她從不是容易被動搖的人。事業上有等著一個人緩緩前行的規劃與目標，生活中有一套屬於自己待人處事的原則。

不喜歡預料之外的事情，討厭遷就別人也不喜歡別人遷就自己，這樣的女孩，命運硬是把那個能牽動她所有情緒的人塞進了生活裡。她曾怨懟，卻發現最後能責怪的只有自己。她只是害怕在失速時瞬間清醒的感覺。

她在清醒的那一瞬間顫抖地回頭看了過去五年的自己，想不清當時為什麼不覺得那些齟齬是應該分開的警訊。

總是能拿出所有耐心，赤誠地哄勸他難以自制的脾氣，即使這份怒氣根本與她沒有關係。理性認為自己不是沒有底線，感性上卻是無怨無悔的。如果一直吵到天明，爭到最後還是沒有結論，她就只會氣得掉眼淚，卻不曾打從心底想放棄並離開。

好強如她在那麼多次對方言而無信所帶來的失落感裡，收到道歉，然後想到老人家常說的那句話：「東西壞了不要丟，要修。」

她被這句話迷了神，拒絕當一個速食愛情者，卻忘了去想人的情緒負荷是有極限的，也忘了衡量自己有沒有那憑一己之力就能修復一段感情的斤兩。

當對方無法善待這段關係更無法善待自己時，負罪感告訴她這時候拋下另一半是最糟糕的，她嚮往風雨飄搖也能互相接住的關係、傾慕千錘百鍊之後步入禮堂的美好。

「對不起，以後不會再對妳這樣了，我們和好，好嗎？」

然後她就會記起自己的堅強，直到那一瞬間的清醒，才發現這些風雨不是愛情的必需品，堅強不是、忍耐也不是；逞強不是、孤軍奮戰也不是。

「我犯下最大的錯就是擅自期待你的改變，再擅自期待落空，讓自己的忍耐成為維繫關係的必須。」

3

星星的墜落後來在她心裡有了另一層涵義。害怕墜落時，越想緊握的就越是失去控制，越是失去控制就越會把改善關係的期望，寄託在對方身上。

她不知道為什麼自己曾經那麼不擅長放棄，只學到了未來應該把放手當作必須練習的課題。於是第一個練習，是那晚她把一封寫給他的信燒掉，用的是他留下來的打火機。銀色的鐵盒有摔過的痕跡，伴隨著兩人反反覆覆對於這項生活習慣的爭執。

為了揮別過去，硬是選了這樣矯情的方法，她卻發現原來生活根本不曾浪漫，其他人在勸和不勸離的時候也只敘述了火焰點燃紙張的明亮，而非難以清掃的餘燼與嗆人的濃煙。

她曾認為執迷不悟的是他，怪他反覆讓自己受傷而無法改變，怪他佯裝努力卻一如既往。

其實真正執迷不悟的是她，忘記能說「不好」而讓自己一直站在雨裡等待，假裝要離開卻總是白費力氣。

忘了人的情緒負荷是有極限的，也忘了衡量自己有沒有那憑一己之力就能修復一段感情的斤兩。

莘莘學子
太空梭登船守則

我害怕成為一個生活裡沒有嚮往的大人。

1

她在補習班的最後一天衝刺黑馬營裡噗哧一聲，打斷了早上九點頭上緊綁黃色必勝布帶的監課老師，提氣正準備呼喝的口號。老師的那口氣被她的突兀打斷，怒目而視並投射了「孺子不可教」的眼神。

乜斜了她一眼後，老師重新調整呼吸，並帶領台下五十個莘莘學子一齊開口——台大！必勝！台大！必勝！

2

十八歲之前都在不停地奔跑，力爭上游彷彿是一個不需要動能的名詞。不需要知道為什麼又為誰而跑，只要卯足全力向前，看不到終點也沒關係，停下來細想目的地的模樣會使你落於人後。

學生們的軀殼需要休息，因此他們會容忍你睡覺八個小時，其他的十六小時課表自會安排。沒有人會去注意到心理健康這種枝微末節的小事，如果你真的看起來太不快樂，那頂多假日叫你父母帶你去吃一客牛排。有些人還會允許你睡前看一小時的小說或玩手機，那種不務正業已經是天大的恩賜，你應該知足。

莘莘學子不應該做本業以外的事，直到考完升學考試前都應當馬不停蹄。化妝或談戀愛之類太早熟的行為都不太妥當，任何佔據讀書時間的事都屬於浪費。當然，出社會之後你就得學會化妝，畢竟帶妝上班是一種禮儀。出社會之後你就會進退有度地與異性相處，被拿去小考的健康教育課即使消失，也理應不會造成太大的問題。

十八歲以後，以前沒有人教你的事你都該自己學會了。在那之前，他們會為你描繪一個考完學測後即能進入的烏托邦，彷彿只要擁有高學歷，未來便不會再出現比線性代數或倍比定律更難的問題了。

「只要過了這一年，一切都會迎刃而解。」

3

四個月前，她拿著一張繳費憑據站在貼滿恭賀榜單的補習班門外。隔壁小吃攤的電視正播著新聞，「補習班分期繳費竟成信貸，消基會痛批業者無良」。家長漏夜排隊為子女劃位，只求能讓孩子坐在補教名師課堂中間前五排早已不是新聞。全國高三生家庭到了這種時候就宛如參加某種宗教儀式一般瘋狂，競相討論著花費與時程。名師的名字被一字排開，與學科之間的關係彷彿在玩小學作業裡的連連看。

而她之所以急著來繳費，是因為接洽的窗口不斷提醒她媽媽這絕無僅有的機會只剩下兩個名額。最後一位、最後一搏、最後四個月……，人人都害怕當最後一名，就像曾在演場會上感受過的疲倦一樣，明明大家一同坐著就能清楚看見舞台，偏偏有人站了起來，爾後所有後排的人全都站了起來，花雙倍的力氣追求一樣的視野。

4

考完試那天晚上她沒來由地全身發抖，考完這場試之後她到底會剩下什麼，對未來感到迷惘的不安席捲全身。

她打開檯燈，突然覺得這幾月所經歷的一切都很荒唐。衝刺班不到下課時間不能如廁，偏偏下課十分鐘光是排隊上廁所就花光了所有時間。某一次告知自習課老師她要去洗手間，出教室後竟然還被走廊上的男老師攔下來問為什麼這個時間上廁所。午餐時間不能說話，與後方同學聊了一次天後便被老師告誡，即使是休憩時間也不能輕易鬆懈，但更可憐的是，她總是無法如期在二十五分鐘內吃完午餐，總在熄燈後摸黑悄悄地收拾餐盒。

最可怕的還是每一個早晨，所有不合乎規矩的行為都會被兼課老師與「考不上好大學」拉上等號，他們看向她的眼神既刻薄又冷漠。教室裡沒有窗戶，只有慘白的牆和能象徵時間的大鐘。她總有著被拘禁在監獄裡的錯覺。

5

放學後，偶爾她與年輕的上班族們搭同一班公車，看著他們身穿西裝滑著手機，眼下黑青卻藏不住工作後的疲倦。她都好奇是不是這些比自己大不到十歲的人們也曾在「學測儀式」中奮鬥過，以為自己考上大學便會如願在畢業後成為發光發熱的中流砥柱，想像自己是學有所成的菁英，會提著專櫃公事包坐進新買的進口車裡。他們會不會曾經喜歡烘焙或畫圖，卻還是聽從老師的話去讀了普通大學、會不會自視學歷高人一等，卻在被僅有小學畢業學歷的老闆咆哮後屈辱地氣憤流淚。他們會不會因為學生時期建構的烏托邦破滅而自暴自棄？

她害怕成為一個生活裡沒有嚮往的大人。

6

放榜以後、北漂報到以後、大學畢業以後。歷經了許多轉折，她發現某些課題不會輕易消失，唯有不斷直面它並與自己對話，才能從生活的缺失中理解「獲得」是多麼珍貴的東西。自己描繪未來的輪廓很辛苦，才會逐漸理解即使每個時期重視的事物不同，「嚮往」依舊是促使著她不停前進的力量。

某一天傍晚，她下班路過位於老公寓一樓的補習班。慘綠的玻璃門上貼著滿滿的賀喜榜單，名字、分數、錄取學校密密麻麻，遮住了玻璃門裡低頭吃著超商微波義大利麵的學生。

櫃檯門後走出一個大人，做出了「準備上課了」的手勢。學生快速地吃了最後幾口晚餐，把塑膠殼扔進了垃圾桶，那一瞬間，她彷彿看到當年補習班坐在自己右手邊的女孩，好像一切都不曾改變。

熒惑
Mars

熒熒如火，位置與亮度時常變幻莫測。地表沙丘礫石遍布，多年來人們派了無數飛行器探索，希冀有朝一日能在火星上找到適合自己的位子。

火星上的淘沙者

好像星霜荏苒、滄海桑田，
一切都會改變，唯有名字代表
刻在靈魂上的初心。

不知道是串流影音的普及使得環境改變了，還是歷經歲月的淘洗周遭留下的人都是所謂懂得尊重他人興趣的同溫層，我已經鮮少在說出喜歡看動畫的時候收到對方錯愕的眼神。

人總是透過觀察他人來認知自己是誰，並透過與他人互動所得的回饋確認結果。

很長的時間裡，喜歡日本動畫的人身上的標籤不外乎就是那幾個。面容陰沉、不諳世事、不擅打扮、長大了還在看卡通。有段時間我不敢主動與他人提起自己喜歡看動畫這件事，因為我討厭也害怕那些充滿偏見的標籤被貼在自己身上，反感那句「蛤！看不出來耶！」的驚呼。每每聽聞，都在心裡疑惑，到底要表現得怎麼樣對他們來說才會「像是」個阿宅呢？看不出來，是因為我會打扮，還是因為我能在聽見這些自視甚高的評論時保持冷靜呢？

就如同我在社群軟體上很有主見、我有勇氣獨立完成很多事、甚至僅是擁有一台Nintendo Switch或能自己搬起一桶十二公升桶裝水這種小事，都能聽到來自陌生異性的那句「看不出來」。每每都想反問，你是從哪裡認為我做不到這些事呢，是從我的性別、從我的妝容，還是從我身上穿的碎花洋裝？

我也曾想自己到底是因這些話語才變成一隻滿身帶刺的刺蝟，還是一直以來都是這樣，只是隨著時間的流淌，歷練為我大浪淘沙，越來越懂得自己的底線，也越來越知道怎麼表達討厭。

有時候我們會不小心變得庸碌又世故，會在自我介紹時選擇一個容易理解、並被眾人貼上正面標籤的喜好。不用忙著解釋、不用擔心誤會，輕輕地就能融入人群的氛圍中。

這幾年很流行MBTI人格測試，由四個向度進行二分法，總共會有十六種組合。第一項分類就是最廣為人知的I（內向）或

E（外向）。以放假充電的時候為例，I更喜歡與自己獨處，例如在房間看書、照顧植物、煮咖啡；E則偏向從與一群朋友的相處的熱鬧中得到能量。

我們都知道這個推崇團隊合作和敦親睦鄰的社會上，I注定要在生活中處處偽裝成E，在孩提時這是我們不被孤立、不被貼上孤僻標籤的方法，長大後則是我們在每個討論中換取話語權並努力被聽見的方法。

TED一場著名的演講名為內向者的力量（The Power of Introverts），講者後來出書探討「外向推崇文化」帶來的缺點及內向者的處境。看完這些，我終於不再為自己的內向而感到焦處，終於了解原來喜歡獨處且有點害怕社交的自己，並不奇怪。原來世界上有一大群人與我相同，都在為這種文化煩惱並努力著。

我想寫書也是這樣，多希望這本書能讓正在閱讀的你，知道很多情緒能被感同身受。

大二那一年，我一個人去東京旅行。

八月底走在酷熱的橫濱街頭，與一位因為看漫畫而結緣的旅日友人一起參與每年夏天的「皮卡丘大量發生中」盛典。列隊左右晃動的皮卡丘身邊充滿著雙眼發光的孩子，人群裡也有許多像我們這樣眼睛閃爍著期待的大人。

她說這兩年，鮮少看到我在社群網站上分享追番心得，是最近少看了嗎？而我看著這一雙雙因為皮卡丘而閃閃發光的雙眼，終於意識到許多關於夢想與熱愛的共鳴，遠遠重要於陌生人的看法。

或許在從眾的當下會得到成就感，夜深人靜的時候卻還是會為自我認同而苦惱。就像那段時間我試著不再喜歡二次元作品卻發現自己做不到，因為如同每次在社群媒體上撰寫的影視心得及札記，好多作品陪伴我成長，形塑了現在的我。

自己的愛好，為什麼會是一個短處呢？

生活中要煩惱的事已經太多。長大，就像在身上加上了一道道束縛，如果再將標籤一個個貼到自己身上，到頭來必定會失去喘息的空間。

我不願意為了他人的想法而放棄我的喜好，不願將此當作一個長大融入社會的方法，喜好不應該是一個被揚長避短的短處。

小時候看《神隱少女》只被父母變成豬而自己淪為苦役的橋段嚇得不輕，長大後卻在白龍找回自己的名字時濕了眼眶。

「真名被奪走的話，就再也找不到回家的路了。」一開始他對千尋說。

最後千尋想起了河中的初遇、想起了白龍的名字，她告訴他：「你的名字是琥珀川。」

而想起本名的白龍褪去龍身，以真名結成的契約也在那一剎那作廢，恢復了自由。

年少時不懂心裡莫名的傷感是什麼，大一點才了解找回自己，是多麼難能可貴的事情。所以後來，我很喜歡與找尋自己相關的作品，好像星霜荏苒、滄海桑田，一切都會改變，唯有名字代表刻在靈魂上的初心。或許在潛意識裡，我們都渴望著一段即使高岸為谷、深谷為陵，也能看穿所有外在包裝永遠深愛對方的本質的關係，如同《你的名字》中已經失去記憶卻還是能認出彼此的三葉與瀧，不是一見如故而是久別重逢。最好愛人是天造地設，適合自己本質的人，這樣我們就無需擔心。

做自己最困難的是，你知道路上會有很多不得不。但其實這些身不由己，也是自己的選擇，也是「自己」的一部分。

就像《進擊的巨人》裡兵長利威爾·阿克曼說的：「我一直以來都弄不明白，為什麼不管做了多麼明智合理的選擇，在結果出來之前，誰都無法知道它的對錯。到頭來我們能做的，只是堅信那個選擇，儘量不留下後悔而已。」

所以我會繼續分享自己愛看的作品、繼續當一個有主見的人，繼續穿碎花洋裝。我會繼續努力做自己。

碎石

我們小心翼翼，閃躲飄浮的石塊與扎眼的細砂，想與其他相似的個體拉近距離，卻生怕一不小心靠得太近，撞個滿懷，前功盡棄，又被推到了一光年以外。

悲傷的分寸

我討厭悲傷的事，不是害怕落淚，
而是憂懼自己落淚時失了分寸。

回頭想想，我總希望在你面前維持完好精緻的妝容與時髦溫柔的穿搭，不限於外表，更包括個性，或許就是這段關係最大的瑕疵之一。

我們是在圖書館認識的，不知道是誰先注意到誰，你總是與我徘徊在相似的書架前，820-A中國文學類、870-B翻譯詩詞戲劇類。我們輪流在相隔三公尺的窗邊翻閱同一本書，在廊下經歷幾個雨天並偶爾在晴天擦肩而過。

那一天，你把紙條夾在書裡給我，老套而浪漫的劇情。你說這本書很好看，我卻覺得這張紙條比起推薦書，更像是你為自己撰寫的隱晦而浪漫的推薦信，所以我們開始坐在同一張桌子前。那一天，我穿著灰白相間的格菱紋針織上衣及黑色長裙，我開始期許每一天，都能以這樣好看的模樣出現在你身邊。

把我介紹給你的朋友認識時，他們總是露出一種倒抽一口氣的眼神。而後你會收到他們的訊息，問你怎麼交到這麼溫柔的女朋友，稱讚我漂亮又有氣質。

你總會面露驕傲，豪氣地向我展示那些祝賀。

就這樣，我們過得像羅曼史韓劇裡會出現的那種情侶。沒有爭吵與猜忌，看似無話不談、情投意合。直到那天，你說你累了，隔一天的野餐約會取消吧。

我難掩失落，但仍努力揣摩著你的想法。

「怎麼了……心情不好的話我可以聽你說。還是陪你出去走走？」

「妳不生氣嗎？」

「幹嘛生氣？」

「我臨時說明天不去，正常來說女朋友都會生氣吧。」

「我沒關係呀，你心情好才重要。」

「妳為什麼不生氣？」

「我……」

「妳明明很期待，為了野餐還提前訂了野餐墊和竹籃不是嗎。」

你好像決定打開天窗說亮話了，面對連珠砲似的質問我卻不由得慌張了起來。一直以來，我都在避免爭吵，避免任何可能會讓在你面前情緒失控的樣子。我討厭悲傷的事，不是害怕落淚，而是憂懼自己落淚時失了分寸。

「我覺得妳在我面前很不真。」

我揣摩你的意思，是覺得我不夠靈動。靈動這個詞有點縹緲，但意思應該是覺得我不夠真實、不夠做自己。

看我久久不答，你似乎認為我拒絕溝通。

「我覺得我不懂妳。」

「妳好像很多事都不願意跟我分享，很多時候……」你頓了一下，我反射性地抬頭，不知道你是在斟酌用詞還是在平復情緒而又擔心了起來。

「我分不清處妳到底是真的不難過還是假裝不難過、到底會不會生氣。妳說我們感情很好，那妳有沒有想過每次沒有化妝就不能見面、沒有計劃就不能旅行的時候，我也會發現自己其實不認識全部的妳。我們不能見面的時候，我問妳會不會生氣，妳總是認真說不會。我還是怕妳難過，問妳那要不要星期天帶妳去吃冰淇淋做為補償，但妳總是拒絕。」

「那是因為，我不想讓你覺得為難。」

「可是妳明明就因此而不開心了不是嗎？」

我沒有道歉，卻問了這個問題。

「你是怎麼發現的？」

「現在不是說這個的時候……」

「我想知道。我想知道你為什麼覺得我在你面前，不是自己？」

你被我認真的眼神嚇住，隨即氣得眼眶起了霧氣。

「我回答妳，然後讓妳改進，繼續騙我嗎？」你看著再度沉默的我，洩氣地說：「難道我不值得妳信任，不值得妳交付全部的自己嗎？」

那一夜我倉皇而逃，逃回自己的窩。回那個可以讓我不需要隱藏、不會被揭穿的堡壘。我頹然地想這些偽裝似乎都前功盡棄，又不禁感動於你的赤誠。

我發現你是真的在乎我，唯有在乎一個人，才會觀察她的情緒變化，唯有在乎一個人，才會因為得不到她的坦誠而紅了眼眶。隱忍的淚水瞬間潰堤。說起來，我那麼自持、那樣努力的讓自己在你面前看似完整，以為沒留下痕跡，卻還是留下破綻讓你心存芥蒂。

訊息太久沒被你回覆的時候，我惴惴不安卻不敢再發訊息催促；你出去玩到深夜忘記報平安，雖僅有少少兩次卻在我心裡扎下了一根針。我旁敲側擊、左拐右繞，假裝全然不在意地偷偷試探，拼湊出去玩當天的蛛絲馬跡，原來這些都被你看在眼裡。

是呀，我不能接受自己的不完美，所以不曾期待你會理解這種困窘不安。因此我偽裝自己，從沒想過要展露任何負面情緒，卻沒想到這些不袒露真心的舉止，也讓你受到了傷害。

我鼓起勇氣打了電話給你，問你能不能過來。我忐忑不安地想，眼睛腫得像桃子且不經雕琢的面容，與從未在你面前展現過的脆弱，如果你看見這樣的我，會不會失望。可是你來了，眼裡沒有嫌棄。只負氣地鼓起嘴，下垂的眼角看起來卻十分可憐。

我抱著你流淚，告訴你並不是你不值得託付，而是我，又是我。我才是辜負你的那一個，擁有你的愛，卻不肯坦誠相待。我們聊到了很晚很晚，晚到像之前一樣請你離開我的租屋處明天再見會很奇怪。

「會不會今天以後，你就不跟我說話了。」我一把鼻涕一把眼淚，忍不住還是趕緊拿衛生紙遮住自己的醜態。

「你會發現我其實愛吃醋，也會偷不開心。如果你玩到晚上不回我訊息，我會很害怕。」

我哭哭啼啼，小聲地說：「而且我怕你看到我素顏的樣子，會不喜歡。」

我抬起頭看向你的雙眼，發現你那堅定的笑眼化解了我坦白的不安。

「笨蛋，才不會齁，怎麼可能。」

自轉週期

Rotation period

物體繞著自己的本軸完整轉動一圈的時間。行星、恆星、星系都會自轉，太陽系中又以木星自轉週期最短，完成一次旋轉僅需九小時。

自轉的速度

我們害怕失速，卻擔憂恆常。

這封信寫給我自己。

親愛的你：

若說這幾年大家的通病，就是活得太用力。社群媒體給了我們展示自己的機會，每個人都企圖把生活過得比別人充實、更精緻、更厲害。大家都把壞的一面藏起來，盡情地展現了自己理想的生活，這只會讓我們彼此都有種「我好辛苦，別人過得比我輕鬆」的錯覺。

我們就像一顆努力依賴軸心維持著轉速與四季的行星，害怕失速，卻擔憂恆常，最終發現自己怕光。害怕成為他人的座標，被注視著的時候暴露自己的短處；又怕反照率變低，低到有一天消失在銀河裡，沒有人願意再看著自己。

明明討厭各種風險也習慣謹小慎微，卻又怕自己過上安逸的生活並停滯不前。為什麼我們會因為假日放鬆而感到愧疚呢？就連假日的時候，也總是想著是不是該購買線上專業課程、是不是該看點日文新聞增進實力、是不是該出門到健身房運動，總是擔心沒時間精進自己。

我們總說趁年輕時多吃點苦沒關係，卻又未曾細想過具體來說要吃苦到什麼時候為止，就好像先射箭再畫靶一樣，沒有為自己設定終點，卻不停向前。

以俗語來說，你有時候是一個「很剛」的人，因為你清楚知道自己的原則，和自己為什麼做這些決定，所以很難放棄之前下定決心的事情。可惜過剛易折，就像老子說的：「剛者易折。惟有至陰至柔，方可縱橫天下。天下柔弱者莫如水，然上善若水。」

而你無法像水一樣圓滑。

我們都知道氧氣濃度低於17%時，人會有缺氧症的現象，但我們又時常把自己逼到忘記呼吸。可惜我們沒有太空人的頭盔，沒有辦法隨時依靠外力調整狀態，此時「病識感」就顯得十分重要。

你最近睡得好嗎？會常常覺得全身緊繃、無法放鬆嗎？還是總有擔心不完的事，害怕搞砸了一件小事就讓一切失去控制嗎？

我很想跟你說不必害怕，你現在跨不過的坎與放不下心的問題，十年後都只會變成一件微不足道的小事。可是我知道，你不是那麼輕易能放下焦慮的人，不然就不會那麼辛苦了吧。

近幾年一直有個不知道算不算是缺點的缺點，就是吃碗裡看碗外，什麼都想學也什麼都只學到一半。嘗試了攝影、吉他、煮義式咖啡，卻擔心每一項都沒有「學好」。總覺得比起上學需要跋山涉水的年代，現在能夠恣意地在網路上選擇自己想學的課程，應該是一件讓人感到自由且安心的事。

可是美國心理學家貝瑞·施瓦茨在《選擇的悖論》中說過，當人們的選擇越來越多，幸福感就會越來越少，因為我們會花費許多精力篩選並思考自己真正需要的東西。我想這就是為什麼，我們擁有了比較多資源卻還是惴惴不安吧，因為我們看著琳瑯滿目的課程，永遠認為自己懂的還不夠多。

為了讓自己茁壯而太急於求成，可能只是揠苗助長而已。所以我想跟你說，或許這些新知不必「學好」。宇宙那麼浩瀚，我們終其一生都不可能學完所有。所以這些興趣愛好，該是學無止盡中帶來幸福感與成就感的事，而非一種壓力。

希望每一天你都能認真記得，經歷與知識都需要聚沙成塔，總是拿自己與螢光幕前以該項專業能力維生的人相比，必定只會感受到挫折而已。

讓自己慢下來也是一種練習，不要逼自己什麼都要懂，不要逼自己每個目的地都要很快就走到。

祝好

狼焉

餘燼

即使知道自己如此渺小，還是想在成為餘燼以前發光發熱。

攤開星盤看著億萬光年以外，或許早已成為餘燼卻仍在我們眼前閃爍的恆星。

你說你怕黑，卻要在漆黑中努力成為別人的座標。要怎麼平衡自己的重力，獨自支撐一個星系呢？

在成為餘燼以前，我只期盼自己能夠抓住些什麼，並也能夠給予別人一點溫柔。

第二章

天體塌縮

「我知道盛極必衰，也知道每一個看似猝不及防的失去其實都不是偶然。」

動如參商

As Orionis and Sco

杜甫〈贈衛八處士〉詩：「人生不相見，動如參與商。」參星於西，酉時出；商星在東，卯時起。兩者此起彼落，此生永不相見。或許互不相知的時候未必是缺憾，缺憾都是有所求才會有所苦，有所苦才有所惋惜。

你是那顆我窮盡一生
無法抵達的行星

患得患失是一個錐心的迴圈，
你越不屬於我，我便越需要
找到我們之間的連結。

那年十一月，街上都是凜冬將至的蹤跡。我手上握著兩杯熱可可，小跑步到車站外，艱難地舉起手腕看著手錶，才發現比約好的時間早了二十分鐘。

車站前的長椅已經被一對對窩在一起的男女佔據，我站著等你，卻也因為悸動與期待而不覺得疲倦。影子把二十分鐘拉長地像兩個小時，我想要找地方放下手中的紙杯，想拿出小鏡子細看被冷風吹亂的瀏海卻手忙腳亂。

驀地誰碰著了我的肩，滿心歡喜地以為是你，轉身太急卻讓熱可可灑了一地。

白色長裙沾上了幾滴斑點，幸而是在靠近腳踝的地方。那個與我擦肩而過的人早就被淹沒在熙來攘往的人潮裡，而街上的人們也都賣力過著自己的週日而不曾留意。

「等很久了嗎？」

「沒有，剛到而已！」

就在這個困窘的時刻，你來了，分秒不差。我侷促不安地縮了縮腳，深怕裙上的污漬成為被扣分的原因。那時的我早該知道你根本不會注意這些細節，就像後來的後來，即使雙眼相望也不曾穿透瞳仁看見彼此的靈魂。要真有愛，怎麼會因為這種小事就有所芥蒂；但要是沒有，卻又怎麼會在彼此身上耗費了數年的周折與時間。

我們去了公園，淺淺地交換了認識彼此以前的二十年。你鮮少發問，只靜靜地聽，而我對你的滿腹問題卻侷促地小心藏掖。

風吹過遠處一家三口手上搖晃的紙風車，吹皺了池塘裡的我們，吹起了我對兩人三餐四季的想望。準備起身的時候我問你「你為什麼你都不問我問題？」而你總說「因為你想說就會說了呀。」

我從未想過太多的尊重會變成疏離，太少好奇最終會成為淡漠的原因。

風停了，我沒發現熱可可你一口都沒喝。而往後你會缺席的時間，竟比想像的要長。

我總是你最後一個想起的人。

「晚上約了小組報告，今天先不見面吧。」

手機螢幕亮起，而我的期待再次被你熄滅。我不敢說那是放鴿子，說了就像是承認你對我不用心。我告訴自己你實在太忙，而我喜歡的就是踏實的你、有著自己的社交圈和生活重心的你。即使我們待在同一個城市卻已經一週沒見面、即使你不曾在我問你有沒有空以前，主動打電話過來。

偶爾我會擔心睡前的電話是種打擾，正如那些我不主動提就不會發生的早餐約會，雖然大多時候你會如期接聽、也會依約而至。

即使狐疑，當時的我也不敢抓住這種一閃而逝的清醒。

你的限時動態裡沒有我，即使我屢次半開玩笑地提起，想被標記在你的生活裡、想在你的日常中留下痕跡。你會捕捉系上朋友開心的模樣、拍下社團後輩練習的畫面，你會分享電影票根及課堂作業內容，偶爾我會有種錯覺，那就是你的生活即使沒有我也完整無缺。

那時的我還不明白，不是不能被排在最末順位，而是你不能佔據著我的第一卻總是把我排在最後。

也不是沒有感受過愛。

你曾在我腹痛難止的時候冒雨趕來，手上提的紙袋與塑膠袋證明你為了買紅豆湯、止痛藥、巧克力，總共跑了幾個地方。你曾擔心我冷，在那一次電影約會裡把外套讓給我因此得了風寒。

我們曾在週末一起去圖書館讀書。那是一個具有私密感的開放空間，我可以在大庭廣眾下擁有你全部的時間而不被打擾、能夠不擔心長時間待在一起卻接不上某個話題。儘管我猜測伴侶之間的談天應該是輕而易舉、說笑理應是信手捻來，我仍頑固地堅信著這是我們之間特別的相處模式。

你會在計算紙上寫出完整的公式，不厭其煩地解釋到我理解為止。每當我面露疑惑，你會停下來敲敲指尖，耐心地換一種方式講解給我聽。你思索的時候我會偷偷看你，從纖長下垂的睫毛到專注的眼睛，再到被原子筆輕抵的唇。

很久以後這段回憶成為最刺傷自尊的事情，只有在教學的時候才會讓我感受到，我被你全神貫注地重視著，即使在這種時刻，我仍卑微地大氣不敢透一口。很久以後我才知道許多道題並不是不會寫，而是我想要更依賴你，並說服自己需要你。

患得患失是一個錐心的迴圈，你越不屬於我，我便越需要找到我們之間的連結。

「我以為愛情可以填滿人生的遺憾。然而，製造更多遺憾的，卻偏偏是愛情。」

我想起了張愛玲的那句話，然而，當時的我不知道單方面逐漸加深的愛根本挽回不了早已失衡的關係，除非你也走向我，否則我們就注定要錯過。

我不是沒有耍過脾氣。書上說愛人之所以會包容你的撒嬌任性，某一部分是因為他喜歡被你依賴的感覺。面對我的脾氣，你眼裡的無奈不包含責怪，卻讓我坐立難安，我畏懼的不是你的似怒而非，而是那雙疏離的眼睛像是在告訴我「我們不適合」。

不知道為什麼到了最後，你連一個擁抱都吝嗇給予。

肢體語言沒有明說，卻像是被劃清了一條線。任何觸碰都因為感情上的疏離而踰矩。那天的我們就像是冬日來臨前的驟雨，出去旅行卻睡在床的兩邊。那是你的生日旅行，我卻感受不到絲毫節慶的溫度，甚至覺得你更期待的是旅行結束後朋友們為你而約的唱歌聚會。當慶祝沒有了感情，便只剩流於形式的空殼。

我終於意識到所謂的「特別」只是自欺欺人，原來我也想要時時刻刻擁抱、想要枕著你的手臂無話不談、想要精心準備對方的生日。這些日子裡，我已經失去挽回這段關係的勇氣，所謂的挽回是拯救並找回曾經擁有過的親密，而那種「好」在我們的六百多個日子中寥寥無幾。

我並不想宣告落敗、承認自己明明用盡全力，不停繞圈卻沒能走進你心裡。我甚至無法跟你大吵一架，因為最傷人的話往往伴隨著刻骨的愛，但我們之間卻沒有那種東西。

「你為什麼不跟我分手？」

最後，我還是用了主詞是「你」的問句。就像最初的公園約會那樣。

你沉默良久，旅館的白色床單襯得你唇色蒼白。那一瞬間我的眼淚像冬天的雨，從眼角側面滑落至枕頭上。你猶豫地伸手，像是知道是最後一次一般輕輕拿衛生紙抹了我的眼淚。

「我怕妳難過。」

怕妳難過、怕妳不知所措、怕妳因為沒有得到回應而無地自容。到頭來這些體貼卻成了最難堪的局面。我想起書裡說的，「所謂孤獨，就是你面對的那個人，他的情緒和你自己的情緒，不在同一個頻率。」*

原來愛得那麼小心翼翼，終究不對。

---

*出自理查・葉慈《十一種孤獨》。

我問你為什麼曾經讓我感受到愛，你沒有否認「曾經」兩個字。你說遲遲沒有分開是因為照顧我好像變成義務。大雨落在你咬字的時刻，碎在我耳裡成為異物。我窮追不捨，像是被水淹出池子的魚，用盡全力而徒勞地問，若非有愛，我們沒有婚約或任何束縛，你又為何要將我當成義務。

「因為我們有承諾。」

是了，這兩個字讓你能在這場大雨裡全身而退，像是一個從頭到尾都沒忘掉責任感的情人，像是你也盡了全力維持這段愛，像是你不曾試著理解我且不曾冷漠相待。

那天之後，我想了很久才知道付出且不求回報的成熟，只應建立在對等的關係中。這些年我為了和他相愛而忽略那些失衡的訊號，不敢攤開來談論疏離感，在愛他之前先壓抑了自己的感受。

我想過許多如果，如果早點溝通不安、如果早點表達傷心，卻得出即便如此怪罪自己，也不會換來任何美好結局的事實。

又過了六百多天，而我終於提筆寫下你，因為當我好奇揣摩著什麼樣的人會讓你心動時，已經不再感傷。

你曾是那顆我窮盡一生無法抵達的行星，而如今終於也能換我使用「曾經」這個詞了。

最後一顆流星落下来

說了那麼多像是承諾的話，卻忘了掂量它們的重量。想了那麼多以後，卻從未想過從今往後，沒有以後了。

離開他的那個秋天她落筆了小說的最後一個章節，故事的最後少年終於肯鬆開少女的手。與其說是「肯」，不如說是第一次嚐到了人生中的「不得不」。

書本的最後一頁停在他們的十八歲，十八歲之後翻開各自的篇章，或許會看到相似的詞藻與修辭，卻不會再見到兩個總是相伴出現的名字被印刷在同一頁。

她寫道：「剛分開的人很愛說冠冕堂皇的話，說分開僅僅是不適合並非不愛，說我很喜歡你但一定有人比我更值得，說如果未來還有緣分，或許能再續前緣。

我們都太愛說以後了。畢業以後要上同一個縣市的大學，去咖啡廳做期中作業；同居以後要一起在家裡刷一面淺綠色的牆，搜集二十張世界風景；結婚以後要養一隻狗，假日的時候帶牠一起去山上露營。

說了那麼多像是承諾的話，卻忘了掂量他們的重量。想了那麼多以後，卻從未想過從今往後，沒有以後了。」

落筆之後經過一雙雙編輯的手，就這樣送去印刷廠裝訂成冊，幾個月以後輾轉被放到了他家附近書局的書架上。

春天他傳來訊息，內容寫著：「對不起，讓故事有了不好的結局。」

說起那些現在無法解決的摩擦、原生家庭帶來的巨大經濟差異和分歧價值觀，我們總認為以後就會好。但不就是因為現在無法得出共識、沒有能力找到雙方都能接受的平衡點，才會在掙扎之中不斷把一切都推給以後嗎？

其實早在每個齟齬或落淚的當下，我們便已隱約知道能被時間所解決的問題，少之又少。以前相信世界上沒有不適合的情人，只有不肯為對方改變的伴侶。實際上我們常連把自己照顧好都很吃力，怎麼又有時間為了兩人之間難以估量的差異拼盡全力。

他們曾一起看過流星雨，儘管當時甜蜜，她卻隱約覺得惶惶不安。

「流星雨什麼時候會結束呀？」
「不知道耶。」
「不知道最後一顆流星是哪一顆，應該會最不捨得吧。」
「沒關係，只要記得曾經看過那麼美的景色就好。」

後來他們果真等到了最後一顆流星落下來。

跟他分開的時候，她也說了同樣矯情的話，卻是當時發自內心的想望。

「……如果五年後我們還能再見，希望當時你已經變成理想中的那樣。」

這段話其實很明白，就是她已經無法再承受爭吵後回到原點的磨合、不願再承擔橫在兩人之間那些無法解決的問題所帶來的虛耗。她還喜歡他，但她不允許自己的青春耗費在不確定性上。

時間不是一切的解藥。這就是為什麼我們愛看破鏡重圓的小說，小說裡的主角們總是在久別重逢時改善了好多缺點，經過多年的淬煉，最後仍愛你如初見。但現實世界裡，即使歷經歲月變成了更好的自己，也不會突然就適合了你。

如果不適合，彼此再耽擱幾年也沒有用。

那年十二月她去參加了別人的婚禮，牧師說「愛是恆久忍耐」。

她曾經也是這樣認為的，愛是能走過所有坎坷，即使常要忍耐。可是現在不這樣想了。會讓她用「忍耐」來形容一段關係的，根本就不是愛。

在她心裡，一直都是對純粹愛情的美好想像，在每次想放棄時點亮心中的燈火，說可以再努力一次。再試一次吧，不要遇到困難就想放棄，在坎坷裡一起成長才對得起美好的相遇。純粹的愛情是兩人都在努力變成彼此心中最完美的樣子，無論遇到任何困難的事都不會放開對方的手。

她曾相信，愛是只要願意便能風雨兼程地橫跨兩人之間的所有溝壑。最後她卻是被這種堅持，逼得筋疲力盡。

她已經累了、不想再在他身邊耗費青春，為一次又一次相同的問題而煩惱著，但又自私地希望他在她離開後能變成自己喜歡的模樣。

想當然這是不可能的事。愛不能改變的事，不愛又怎麼能。

提筆時記下的人設、想過的橋段，在校稿與印刷出版後誤點般抵達了他的手上。她始終沒有回覆那則訊息，沒有像所有久別重逢那樣，因為一個小小的契機，就重新開始對談。

或許我們的故事也一樣，在某個造物主的筆下早在開始前就安排好了結局，分開前的撕扯與眼淚都是徒勞無功的事，又怎麼能說是因為誰而造就了哪一場傾盆大雨。

誤點的譯文

你是我的可望而不可及。

決定放下你的時候，想起了課堂中一直翻譯不好的日文諺語。「及ばぬ鯉の滝登り」直白翻譯的話是「鯉魚攀瀑而不得」，意指再怎麼努力都沒有希望的事。

「鯉」和「恋」在日文中讀同音，因此這句諺語雙關意為再怎麼奢望也無法實現的戀情。右邊的同學在翻譯時寫下了「癡心妄想」四個字，我則苦惱於無法拿捏用字而留了空白格。

而今我終於找到了適合的字句，因為我隻身一人追隨你背影的模樣，像極了課本上瀑布前的錦鯉。

月球
Moon

地球唯一的衛星。肉眼看過去一片深黑色的大面積色塊，是被稱作月海的玄武岩平原，光亮的區塊則被稱為月陸。月球沒有大氣層，每天都會承受許多宇宙物質的撞擊，因此表面有許多隕石坑。

沒有坑洞的月球

人必須割捨誠實，把自己打磨得越來
越光滑，才能在社會上站穩腳跟。

「我是一個樂觀開朗，喜歡與人交談，積極且擅於溝通，即使失敗也無畏挫折的人。」

去第十間公司面試的那晚她做了一個夢。夢裡萬籟俱寂，她站在那個曾日日癡迷地用望遠鏡欣賞的地方。

那是一顆光滑的星球，好像經過打磨與拋光，如寶石般熠熠生輝。從天文望遠鏡裡看見的凹凸不平隕石坑與稜線都消失得一乾二淨。它無瑕白淨，卻像一顆沒有特色的灰白圓球，愣愣地待在黑夜裡，顯得有些無趣。她曾經愛它，是因為這顆星球的每一個坑洞都有故事，每一個色塊都有個性，每一條稜線都襯出一層層灰階的美，百看不厭。

她開始往前走，走了很久很久，走向那個地球人終其一生看不見的地方。「背面」是一個主觀於地球的詞彙，只因為月球環繞著地球從來都是以同一面示人，所以人們並不清楚「背面」有著什麼。

「可以請你說一個你的優點嗎？」

「我的優點是即使失敗，也不會沮喪也不會氣餒！」

她清楚記得求職網站上教的答題技巧，「記得面試時所回答的『缺點』，一定也要是優點喔。」明明積極的人通常也一併有著好勝心與得失心。人怎麼可能將全部身心投注在一件事情上沒得到相應的回饋後，不感到沮喪呢？她曾以為負面情緒是人之常情，這套邏輯卻不適用於此。

她拼盡全力地走了很久，體驗披星戴月，但讓她失望的是「背面」也光滑潔白，彷彿四十五億年只是日曆上的空白，沒有在月球上留下任何痕跡。

「你覺得自己對這個社會滿意嗎？」

「……不滿意。」

因為不滿意，所以想要費心力改變、花時間傾聽。人類進步的動力總始於對現狀的不滿足。

「不過……」正當她想這麼繼續說下去的時候，她看見面試官蹙了眉，然後露出了一個制式化的微笑。

「好的，謝謝你今天參與面試。未來一週內我們會再跟你聯絡。」

話語被硬生生打斷，像不小心踩斷木枝的聲音，唐突與安靜碰撞後更顯尷尬。

人終其一生都在包裝自己，包裝是欺騙，標籤貼紙上寫的是誠實。要兼人之勇，兼人之材，有二十歲的謙遜和勤快。同時你不僭不貪，不懦不耆，有六十歲老人的豁達與高度。

每個人都在講冠冕堂皇的漂亮話，會議室裡的空氣游離於常人的七情六慾之外，卻要以此篩選出適合彼此的人。

「如果可以說實話就好了。」她說著說著，感傷與委屈油然而生，卻明白了那個道理。

原來謊言終其一生只能被自己拆穿，人可能會說數千個謊，換來數百次利於自己的機會，但擁有機會不代表真的能成功。她想要坦誠相待，就必須抱持著拆下面具的風險，就像太空人在外太空摘下頭盔一樣，偽裝就是她的氧氣筒。在跟其他競爭者的謊言對決之中，她只能小心踩穩腳根，拿捏真實與虛構之間的平衡點。

「人必須割捨誠實，把自己打磨得越來越光滑，才能在社會上站穩腳跟。」夢醒了，她在限時動態上打下了這幾個字，猶豫不決後按下儲存，邁向第十一家公司。這次她的包裝紙上多了一個標籤，那就是熱愛這個世界。

道別

科學家透過阿波羅15號，計算出月亮正在以每年3.8厘米的速度遠離地球。

「原來這一場漫長的離別早就已經開始了啊。」研究員這麼寫在觀測日記上。

長大是一次又一次
漫長的道別

我們都曾憧憬未來，
如今卻又想念昨天。

1

花開無聲，六月揚眉，把夾在網格架上的學士服拍立得合照收進盒子裡，把鑰匙和剩餘的水電費交給房東，背起吉他袋離開只有深山學區才能夠那麼便宜的租屋處。跟朝夕相處四年的人說再見，還沒有離開卻已經開始害怕，未來我們會不會淡出彼此的日常、未來你們會不會住在很遠的遠方。然後風流雲散，一別如雨，我們會不會漸漸失去彼此、會不會有一天你的結婚賓客名單裡沒有我的名字。

到了這一刻，我才知道比起爭吵，自己更害怕無緣無故地疏離。爭吵至少會留下一個結果，即使多年以後會覺得這段回憶愚蠢乃至於在心裡後悔，卻仍具體知道故事的轉折點；我害怕的是漸行漸遠，乃至每每回首都百思不解，把青春變成沒有結局的故事。小時候我們都會說好想長大，大學畢業那一刻長大這個詞卻變得好殘忍。

畢業代表你一夜之間真真正正成為大人了，搭高鐵與看電影時不再適用學生票價；畢業代表青春這個詞正式與你分割，不再有犯錯的機會；畢業代表不久後的某一天你必須進入職場，與一群年齡幅度橫跨幾十年的人一起吃午餐，然後爾虞我詐、較量不止。你會開始回想以前的那些社團分工的爭執、報告分組的紛爭，在薪水與位階的利益得失面前都算不了什麼。然後你會發現，我們曾一心想要獨當一面成為社會人士，此時此刻卻巴不得再做十年學生。

我們都曾憧憬未來，如今卻又想念昨天。

2

想起大學搬入宿舍的第一天，父母載著我為數不多的行李北上。除了心愛的檯燈、幾隻鋼筆、一顆紅蘿蔔大抱枕，其他諸如臉盆、床墊等等都是入住前新買的。身為獨生女的我第一次與其他人分享一個房間，也從沒體驗過抱著沐浴用品使用大眾淋浴間的生活，滿心期待卻又惴惴不安。

這是人生中第一次離開住了十八年的家。之後回家的次數可能從兩週一次、變成剛出社會時三周一次、最後窗間過馬，自己成家立業有了新的家。

我是四人房第二個入住的人，父母見到第一位入住者的家人馬上開始寒暄。原來她也是獨生女，並且從她台北的家來文山區也要搭兩小時大眾運輸，與我回台中的時間相似。

終於涼下來的冷氣呼呼地吹風。都說最難開口的，是初次問候和最後道別，幸好一切比想像中順利。我們一起去宿舍樓下的食堂吃晚餐，然後她買了一瓶飲冰室茶集綠奶茶給我，我們從此變成朋友。

後來我們順利迎來了第三位、第四位室友，開始交換四個不同系所的大一故事。我們為彼此慶生，偷偷買蛋糕上山，躲在樓梯間點蠟燭再小心翼翼地捧回房間；我們分享彼此有好感的對象，充當戀愛軍師，因為終於能在大學時談戀愛而感到期待。可能就是因為系所不同、因為故鄉與母校不同，才能拋開一切聊得毫無保留。

都說人的口味會變，但記憶卻不會。後來的我已經不再喜歡甜膩的超商綠奶茶，卻依然喜歡當時的我們。

3

宿舍位於山坡上，從地面的教學大樓回到宿舍必須排隊搭小巴士，否則往上必須走二十分鐘。

我開始與同一堂課的系上友人結伴而行，抱著沉甸甸的《史記》上山下海。大一活動總是很多，宿營之後還有系鍋、系烤等等，晚上洗完澡會聚在一起玩桌遊。現在回想，應該是我人生中每天社交時間最長的時刻，總覺得以自己的個性差一點點就會婉拒所有邀請，幸好當時鼓起勇氣，才能留下這些回憶。

大二我加入了吉他社，參加了一場年度公演；大三我把自己關在圖書館，準備日檢、托福與交換；大四我複習著日文，到新蓋好的達賢圖書館寫作。一年年一年年，身邊的朋友從大一時的一大桌桌遊參賽者，變成十指可數的固定幾位知心者。

可能這也是失去的一部分，但我們本就無法貪心地想讓所有人都喜歡自己。

美好時光自然也伴隨部分辛酸，例如山上宿舍的巨大飛蛾與爬蟲類、颱風來時收到的土石流警報、整年幾乎都在下雨而發霉的物品、以及艱澀難懂的文字學必修課。然而就是這些陰晴圓缺，串起了與身邊朋友們的回憶。日子看似平凡，畢業後卻不會再有這種平凡的日子。我曾討厭政大陰雨連綿，卻沒想到是與朋友們共撐一把傘讓日子變得比許多時刻幸福。

記得入職後第一個月，因為很多問題幾乎崩潰，夜裡想和朋友傾訴的時候卻發現見面不再是一則訊息、不再是相約深夜的交誼廳或樓下的小七超商、不再是從上鋪坐起來而已，原來長大竟要去習慣那些距離。

以前潮濕泥濘的記憶卻都成為了美好又珍貴的寶物。

我們只能帶著那些相片，一幀幀與他們笑鬧的回憶一個人踏上旅途。風雨兼程，他們卻不能再時時刻刻待在你身邊。我想要的不是久久聯絡只惦記各自安好，我想要的是能繼續參與你們的生活，長大卻竟然像一場漫長道別。

離開故鄉、道別父母、離開師長同學、道別摯友，跟還能仗著自己是學生勇敢去做很多事情的自己說再見。成長就是一次次受傷，再來懂得悲歡離合的意義；一次次道別，理解青春是一張單程車票，是一去不復返的旅程。不能回頭，也沒有以後了。

小行星
Asteroid

人們曾經以為小行星是一顆石頭，後來才知道它是由重力組合在一起的碎石堆。
小行星帶裡的小行星們碰撞頻繁，有些會變成碎片、有些會與旁的合而為一、有些則會分開。

念舊之人

我們並沒有忘記以前的不愉快及價值觀的碰撞，反而是記得這些，卻知道自己在乎這個人的程度足以忽略相處間的小摩擦。

很多人說念舊，是人們錯誤理解了被大腦美化的記憶。

我是一個相對念舊的人，一把粉紅色的安全剪刀從小學一年級用到現在，即使刀片鈍了還是帶著它輾轉到幾個租屋處。我也是一個相對長情的人，關係出現裂痕只想著要修補，疏遠已久的國高中好朋友到了大學四年級還是想著要不要再次聯絡。

難以斷捨離的後果，就是無論物品還是人，要放下或遺忘總要歷經一段傷春悲秋。惦量著「主動聯絡」會不會讓對方覺得困擾，彆扭地想著或許在對方心裡自己根本只是一個普通的過客而非令人懷念的朋友，其實都是下意識地想讓自己免於二次傷害。自始至終，我都在努力釋懷，理解任何付出都不會是等價交換，若能得到回報那可說是幸運，若不能便是常理之中的事情。唯有真正能做到不在乎回報，一段關係才能心無罣礙地長遠。

記憶真的被過度美化了嗎？其實不然。念舊的人可能比遺忘了回憶細節的人活得更明白一些。我們並沒有忘記以前的不愉快及價值觀的碰撞，反而是記得這些，卻知道自己在乎這個人的程度足以忽略相處間的小摩擦。

寫完這篇文章的時候編輯問我：「念舊的人最後會被磨滅成不念舊的人嗎？」

我想了很久，答案應該是不會吧。念舊是本性，即使偶爾伴隨著傷心。

以前覺得念舊是心上的把柄，是脆弱的印記；現在覺得念舊是更長情、更加珍惜每一次相逢帶來的意義。

TrES-2b

反照率小於1%，宇宙中最暗的行星，距太陽系750光年。你必然聽過永夜，可地球上的永夜會被時間帶走，但他的卻不然。有些憂鬱就像永夜，但我希望你擁有明天。

喘息的時間差

我們竟已忘記怎麼去過不隨時隨地與世界連線的生活。

我們早已習慣能立竿見影的事情了。

十九世紀人們以電話取代電報、再以電子郵件取代電話，希望能逐步減少來回等待的時間。後來我們有了即時通訊，有了能瞬間知道對方是否「已讀」的能力。

照理來說這些被科技釋出的時間，應該能變成我們早點下班多點休息的助力，但是卻沒有。這些密集又碎片化的訊息刻不容緩，我們像是在滾輪上越跑越快的倉鼠，從走路八小時到跑步八小時，在失衡的加速世界裡越來越疲憊。

我們閱讀的文章篇幅越來越短，欣賞電影或電視劇的時間用YouTube上的「五分鐘看完」來替代，Instagram的內容從一篇圖與字並存的貼文，變成了限時二十四小時的動態，最近Reels的出現更完全消滅了「文字」在傳達資訊時的必要性。

我們渴望了解一切，做為文明人的象徵、做為社交時的談資。網路的普及讓我們在查找資料時感受到自己的渺小，而碎片化的資訊往往需要花時間拼湊，就像大海撈針一般越找越迷茫。

我在一部紀錄片裡看到這麼一句話：「社群平台從未把使用者當成客戶，他們的客戶是企業；這些免費軟體的服務對象，是出錢買廣告的金主，從來都不是信仰自由的網路小白鼠。」*

我們已經習慣投入大量時間在網路上，無論是工作還是休閒，都對暫停接收資訊有著戒斷症狀，已經退無可退，到了走火入魔的地步。

曾幾何時，我們竟已忘記怎麼去過不隨時隨地與世界連線的生活。

偶爾會好奇，通訊軟體發達以前的人們是不是比我們更懂的珍惜幸福呢。

例如寄信，以投遞代表決心、以火漆封住歲月，寄信的浪漫在於它的不可逆，被固定在信上的時間在郵差的斜背包裡走了很久很久，傳達某個瞬間的心緒。你可能會在投遞的片刻後悔自己的坦誠、會焦急對方是不是能好好理解以手寫字傳達的真心。

---

*出自於《智能社會：進退兩難（The Social Dilemma）》。

也例如讀書，觀察隨著出版年份由近而遠的時間差，推測時代的洪流沖刷出了多少新的想法，又有多少能為自己所用。

是不是那樣的時間差，讓以前的人們有了喘息的空間。又是不是擁有這樣的距離，才會讓人們在遺失了一個人或一行地址的時候，必須天涯海角地尋，才讓緣分顯得格外珍貴呢。

寄信的浪漫在於它的不可逆，被固定在信上的時間在郵差的斜背包裡走了很久很久，傳達某個瞬間的心緒。

陰晴圓缺

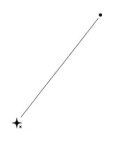

悲傷的存在有其必然性，
就像好壞都有它發生的意義。

「有時候跟不穩定的人在一起，會變得更加不穩定。」
「但有時候反而更能理解彼此不是嗎？」

——凪良汐《流浪的月》

第一次去找貓頭鷹醫生，是在一個月黑風高被嚇醒的夜晚後。在這個裝著老舊窗型冷氣機的十坪小套房已經住了兩年，柔軟的床在精心佈置下本來是安全感十足的，卻已不能為自己凝聚溫暖。

半夢半醒間焦慮的自己在無法控制時「解體」，白天必須非常努力才能裝出毫不費力的模樣；沒想到，睡夢中也必須耗盡力氣，把飄浮四散的自己抓牢了拼起來，才能維持該有的完整性。

事實上，她連自己什麼時候碎掉的都不知道，或許是日積月累的。以前認為崩潰是一瞬間的事，但其實是從細微的裂痕開始，慢慢的、慢慢的。除了睡眠，她的手已經顫抖到寫不好鋼筆字、按不好琴弦。失去這些日常娛樂讓生活變得更緊繃，她從未感到一切這麼失去控制過，或許想控制一切就是問題所在。

「不能再這樣了。」

於是她鼓起勇氣帶上健保卡，卻不知道這句話到底說的是夜裡的驚慌失措，還是三年來對這段關係的鍥而不捨。

填妥了資料表，櫃檯的倉鴞小姐說身心科需要自費，健保不給付。她點點頭，打開皮夾心疼地拿出了三天份的咖啡錢。等候區有個跟自己年紀差不多的女孩在哭，身旁的男孩摟著她，為她擦拭眼淚。其他幾個人跟自己一樣低頭滑著手機，她才意識到這些「病患」的面貌與捷運中、斑馬線上、超商裡的人們並沒有任何區別。

如果不知道這是門診，便不會想像坐在這裡的人們都被什麼樣的心緒困擾著，在夜裡或驚起或失眠，到了白日卻勇敢地整理儀容走到這裡，裝作若無其事地將自己攤開在陽光下，繼續過看似船過無痕的生活。

她想起看一部電視劇時最被觸動的橋段，是精神科社工在面對病患痛苦地質問為什麼生病的是自己時，回答的那句：「因為你比較勇敢。」＊

來找貓頭鷹醫生的人，都是最勇敢與最脆弱的綜合體。

心理學家阿德勒認為，人向前的動力源於自卑，人終其一生都為了戰勝自卑而追求完美。在自卑與自滿的拉鋸中，診所裡的人們背負著被說是無法承受壓力的爛草莓的罵名，在探尋自我價值與面對自我要求的嚴格標準之間，期待藥物或診斷能使自己繼續「保持完整」。

或許有時候她需要的只是寬容。學習放手、對生活寬容、理解瑕疵與錯誤必定會發生，不要預期每一件事都能照著計畫走。

「22號，請進。」

她總是和他吵架。

曾以為伴侶們到了即將步入婚姻的年紀才會開始為了柴米油鹽房貸車貸這些現實問題而各執己見，無奈自己防微慮遠的性格，不容許兩人的生活未經考慮就渾渾噩噩地過下去。

＊出自於電視劇《我們與惡的距離》。

或許每個人都有自己的時序，一開始她以為自己成熟到能了解這件事。但了解並不等於能接受，她一直覺得對方在原地踏步，在她眼裡每一個突然迸出的短期目標都欠缺考慮，後來那些目標都以失敗收場。一開始她還能說沒關係，每個人都可以有跳脫現狀嘗試的機會，後來漸漸的，她掛著營業式笑容說沒關係，心裡卻想著「又來了」。

他認為這些嘗試都是跨出藩籬的機會，而她卻早就打從心底認為這些計畫都太不切實際，卻還是被他振奮的說詞和理想所說服，願意陪他一起做夢。可是屢屢失敗的挫折感與她對他、他對自己的不信任感日益增加，他們之間的關係越來越緊張。

若要為這段時間做總結，那便是她妄圖改變一個人卻做不到，硬是將不屬於她的人生壓力背負到了自己身上，卻徒勞無功的三年。

那些為溝通與磨合付出的時間與精力，都變成沉沒成本。最後已經不是非他不可，而是與他分開就像把三年的青春都丟進水裡，像是賭了一場卻滿盤皆輸，像是父母最開始的不看好都是正確的一樣。

她的心裡一直有一條繩在拔河。一邊說妳應該要喜歡他原本的模樣，如果在一起後才希望他改變原本的生活型態，那一開始便不該去接近他；另一邊說人本來就每分每秒都在成長，妳想要的伴侶關係是兩人肩並肩共赴理想，本不該是一件這麼辛苦的事情。

最後一次他說要轉換跑道時，她知道他一直不快樂卻終於開口否定。

「這份工作跟你之前的目標完全不一樣，為什麼要在完全沒有相關經驗的狀況下換工作？同期的同事一定會有很多小你五六歲的本科系新鮮人，你真的能接受這種狀況嗎？」

她問了很多假設性問題，這些問題匯集成一桶冷水，潑在終於找到能擺脫上一份工作的嶄新機會的他身上。

他的興高采烈轉為失望，沒有回答那些尖銳的問題，最後憤怒地質問：「為什麼妳不能支持我？」

那一瞬間她想，她真的受夠了，她已經累到無法再走下去。一開始就假設對方做不到的自己應該也不是合格的伴侶，她不想再承受任何對方因為現實不如預期而產生的負面情緒。

那是她第一次認知到自己本來就比別人還要容易焦慮，無法長期負擔不屬於自己的挫折感。那也是第一次，從手指輕微顫抖到平舉整隻手臂會大幅晃動，她害怕自己需要去找貓頭鷹醫生的原因竟然是一段不健康的關係。

他們身上就有很多彼此沒有的重擔，唯一一個共同點就是在痛苦上的共情，使雙方因為同理心而在悲傷中感同身受。然而缺點是當其中一邊下起了大雨，沒有一方能幫對方撐傘。

後來她離開了。

幾經波折，他說了很多關於未來的話，曾經的她總是深受感動，現在卻不願意再相信了。她是非常念舊的人，卻不允許自己裹足不前。

她也曾怪罪自己薄情，因為她認為渴望一個正在擅長的領域發光發熱的伴侶或許不切實際。或許她並沒有自己想像中的努力，或許別人看她也是原地踏步也說不定，或許她太喜歡預設一些悲觀的結局。

分開前他如願找到了新工作，她也如願達成了自己的短期目標。從此誰也沒欠誰。

在那之後，她的症狀有了緩解，很久很久都沒再見到貓頭鷹醫生。

被朋友問及分開的原因，她花了很多時間去想到底哪裡出了問題。後來發現與其硬是分出誰對誰錯，不如剖析自己期待的關係到底是哪一種，以免重蹈覆轍。

一開始她想著人都是自私的，是不是她愛自己勝過於任何人才無法陪他度過任何難關。她又覺得是不是慕強心理作祟，卻發現只是想要一個跟自己差不多的人，共同奔赴理想那樣簡單而已。

同時她也發現，她一直以來都是這樣鞭策自己的，卻不應該以同樣的嚴厲去鞭策別人的生活。試著去解決別人的課題、不顧他人意願把同樣的標準加諸他人身上，終究只會讓彼此失望。

好朋友問他，這三年浪費嗎？她一開始不覺得後悔，過了一陣子卻又反反覆覆。就在反反覆覆的過程中，邊成長邊體悟事與願違的遺憾、猝不及防的失去，都是生活的一部分。而這些悲傷的存在有其必然性，而她只能相信，相信好壞都有它發生的意義。

學習放手、對生活寬容、理解瑕疵與錯誤必定會發生，不要預期每一件事都能照著計畫走。

第三章

星河離散

「平行時空的你，是不是比我還要勇敢。」

離散

Discrete

指宇宙時空並非連續，而是由碎片構成。

願你在發光之前
不要被寂寞打敗

世界上沒有真正的感同身受，
而只有自己能了解自己為了發光
走了多遠、受了多少挫折。

恆星在無人知曉的孤寂中靜靜走了數百光年，穿越碎石與塵埃，路過那麼多破碎的星星，爾後在某個人的水晶體上折射，點亮人間，除了他自己之外卻無人銘記這段艱苦的旅行。

沒有人知道為了抵達，他耗費了多少力氣。

我們不也是這樣嗎？人們會給予發光發熱的人掌聲，或是嫉妒或是慨嘆，不曾理解他曾執著到數次耗盡自己的孤獨、無法相信他也曾度過山窮水盡的絕望、無從想像他在那麼多與挫折的自我對話中曾決意放棄。

有時候我們會因為一件事，通常是悲傷或心酸的事而恍然大悟，原來世界上沒有真正的感同身受，在這個人與人本質上互不相干的地方，在這個離散的宇宙裡，在這個愉快或傷心都沒有辦法量化的地方，只有自己能了解自己為了發光走了多遠、受了多少挫折。

就像太陽的光照到地球延遲了八分鐘，我們與他人分享的所有疼痛也都是延誤的。整個宇宙都在誤點，唯有你與自己沒有任何時間差。

所以有人說孤獨浪漫，或許是因為孤獨是唯一會與自己相伴而生的東西。生命中大多時間，都只能是你與孤獨一起走完。

洛希極限
Roche limit

此為天文距離。是一個天體對自身的重力與另一個大體對它造成的潮汐力相等時，兩者之間的距離。
一旦兩者之間的距離小於洛希極限，比較小的天體就會散成碎片，成為另一個天體的行星環。

用一次粉身碎骨擁抱你

當時的她並不知道愛上一個人
意味著要抱持粉身碎骨的決心。

1

現在想來，關於他的記憶早已像浸在水裡太多次的信，拆了又折、濕了又曬。泛黃與皺摺斑駁了墨跡，內容已經被無措的眼淚稀釋得模糊不清，除了一件事——那就是當時的她並不知道愛上一個人意味著要抱持粉身碎骨的決心。

2

那時的他對她非常用心。

每一堂下課，他都會在她的教室門口準時報到，陪她走去另一棟教學大樓，即使他們的教室並不在同一處。下雨的時候，他總會帶兩把傘出門，以至於她常常忘記帶傘，即使學校幾乎每天下雨。她的腳踏車壞了，他會牽去送修並把自己的車讓給她，回來時還不忘帶上一杯她最喜歡的白玉珍珠奶茶。

朋友看著他們出雙入對，問她喜不喜歡他，她的回答是：「不確定，但是還不錯吧。」後來回想，真覺得自己薄情得可以。

他們在一起了，提出交往的是她，沒有盛大的告白，只有一句：「謝謝你。」

原因是她的那一點罪惡感及佔有慾。覺得有點罪惡，是習慣了他無微不至的照顧，如果還曖昧不清好像耽誤了他的時間；擁有了一點佔有慾，是因為她發現當他不把自己排在第一順位、行舉手之勞幫其他女生的忙時，自己會鬧脾氣。

多年後她才想明白，名份上的承諾根本就不代表開始珍惜，所有浪費與耽誤、堅持與遷就，說的都是心靈上的距離。她不明白當時的自己，為什麼可以這麼理直氣壯地決定開始一段關係，連告白都沒有、連一句矯情的「換我照顧你」也不說。這麼微薄的交往理由，怎麼擔得起「愛」這麼重的詞彙。

奇怪的是，冥冥之中很多事情都有時間差。像是以光速飛離地球的太空船上那顆慢了很多的時鐘，像是星體已經死亡卻仍在數千年後走進我們瞳仁裡的星光。

她愛他的時間，和他愛她的也有時間差，不知道是自然定律，還是對她從前不上心的懲罰。

3

而他當時覺得打動人心的，應該就是用在一個人身上細水長流的時間。因為不停付出，所以換到了愛。

交往初期一切都很甜蜜，他一如繼往地體貼，她也一如繼往地享受著這份愛。在這段關係裡，她是擁有話語權的那個。潛意識裡以自己為主詞，是「她接受了他」的好意，接受了他的愛，所以合該之後的一切都繼續以她為主。

有一次假日她睡過頭，忘記了兩人的約定。驚醒之後，她打電話問他在哪裡，他只說自己在她家附近的咖啡廳吃早餐。聽到這，她感到安心，於是又慢悠悠地化了妝出門。她見到他時，桌上的早餐盤已經空了，剩下喝了一半的拿鐵。他沒有一句責怪，只問她要不要也點些東西，然後收起正在閱讀電子書的平板為她張羅菜單。

那樣游刃有餘的不疾不徐，卻成為她開始喜歡他的契機。喜歡的人忘了與自己的約定，應該要生氣或傷心，她卻沒讀到這樣的情緒。這樣的他有點帥氣、有點沉穩、也有種神秘感，所以她不禁心跳快了起來。

她不知道的是，他為了早上的約定搭了一個小時公車、在她家樓下等了四十分鐘心急如焚，後來悄悄聯絡了她的妹妹確認了她平安，自己才默默去咖啡廳等她醒來。

回頭想想都覺得自己犯賤，握在手裡的不懂珍惜，若即若離的卻又不甘示弱想抓回掌心。

其實忽略他感受的狀況不止一次了，像是有一次他提早去排隊為他們兩人買早餐，等到了早餐卻沒等到訊息裡說五分鐘後店門口集合的她。他打她的手機，卻沒人接聽。他心急如焚，加快腳步走向她的租屋處，打開門後卻發現空空如也；於是，他又提著早餐不停按著手機，走回早餐店時，卻在學校側門口看見她有說有笑地接下別人手上的早餐。

那個「別人」是一個學弟，他們滔滔不絕地說笑著，直到他走近。

「妳去哪裡了？」

「我去早餐店了啊，可是沒看到你。」

「妳說五分鐘，但是我等了十五分鐘沒看到妳，電話也沒接。」

「我太晚出門了，可能忘記開聲音了吧。」

「妳知道我多擔心嗎？妳在這裡跟他聊天那麼久，卻連訊息都不傳給我，妳記得我在等妳嗎？」

「我記得，不是，你為什麼要這麼生氣啊？」

那時的她還有無比荒誕的底氣，覺得無論發生什麼事他都不會離開。所以她自認光明磊落，被誤會的時候還發了好大脾氣，為自己抱屈也為不被信任而生氣，卻忘了是自己沒有給足對方安全感。她花時間解釋這個學弟只是答謝上次在學生會受到她的幫忙，可是她的理直氣壯裡一句道歉也沒有，沒有為他的奔波而內疚、沒有察覺他的不安與受傷。

她說：「我都跟你在一起了，你為什麼不信任我？」

她想說的是既然交往了，她就不會隨意背叛。可是，這句話在他聽起來就是「我選擇了你」，而忽略他選擇愛她並不是單選題。

愛情從不是其中一方決定的，也不能總是只有一方付出。付出一切換來的愛，並不如想像中讓人幸福。一直以來，他都以為自己習慣了，習慣為了獲得她的愛、為了擁有他愛的人而不停給予。他覺得自己一天一天被掏空，有一天他終於發覺能從這樣的關係中「畢業」了。

結束時他寫了一封信放在最後一次買給她的早餐提袋裡，最後一句是：「也謝謝妳。」

4

他們之間的時間差，是他總是在等她。等到有一天累了，等到時間消磨了愛。這段關係裡付出的是他，所以受傷的也是他。她不肯接受信上所寫的內容，所以要求面對面談。

「妳當時為什麼決定交往？應該不是因為喜歡我吧。」

「妳不是愛我，妳是喜歡那個對妳很好的人。」

「我已經不會那樣對妳，所以妳也可以不用勉強自己喜歡我。」

她啞口無言，沒辦法接受他也有離開她的一天。

她質問他是不是得到了就不想要了，他搖搖頭說覺得自己該往前走了。那一瞬間她不得不承認，自己是那個感情路上使他成長的課題，那個讓他知道一味付出並不健康，所以終於割捨、終於學著停損的人。

他決定跨過這道坎，用一年的時間換取教訓，決定不再愛這個把他的愛視作理所當然的人。

5

他們的關係與位置倒了過來，而這種拉扯竟然又長達一年。少了他的付出，這段關係變得冷清，她才知道他曾經為了維繫這段愛耗費了多少心力。

她不想要變成他的第二個課題，那個分不了手的麻煩女朋友。但是她沒辦法放手，也不願意放棄。她還想相信他是那個不願意她淋雨、不捨得她受傷的人。她用了一年才知道自己真的很喜歡他，拼盡全力也要讓他把剩下的溫柔都用在回心轉意上。

他想離開，卻又沒辦法對曾經那麼喜歡的人決絕。而她抓準了這一點，開始買早餐給他、一有訊息馬上回覆、但凡看到什麼他喜歡的就拍起來傳給他。

有一次他到了深夜才回覆，內容是：「你竟然知道我喜歡這個。」

那晚她哽咽難鳴，知道自己愧對於這份愛，因為他知道她喜歡什麼，也記得所有她不愛吃的東西，她卻從不詢問他的意見就逕自決定去哪玩、吃什麼。他會幫她夾起便當裡所有她不吃的菜，然後把好吃的讓給她，她卻什麼都不曾回應，就這樣大方接受所有的用心。在他心裡，她就如同從前那樣不了解他，這種疏離刺穿了她的心，原來自己曾經也是這樣刺傷他的。

這一年她的生活只剩他，只剩無止盡的挽留。她不再光彩奪目了，像一顆被自己敲碎的星星。

她想問：「你怎麼捨得讓我過得這樣悲慘」，卻覺得自己沒有資格問這種問題，問了代表她只剩情緒勒索這招能留住他，代表她只能用讓他產生罪惡感來挽回。「捨得」這個詞，說的是願意捨棄，就像她曾經對他的給予信手捻來，也無視於他的不安。

有一次晚上，她隨便找了名目將宵夜送到他家門口。他看起來很疲倦，眼下烏黑是他們昨夜又在訊息裡拉拉扯扯了一晚的痕跡。他在訊息裡問她：「妳真的喜歡我嗎？我覺得妳只是習慣我的陪伴。」

所以她過來想親口告訴他不是的，她是真的喜歡上那個溫柔的他了，聲音卻不停被風吹散。那時是冷得連呼吸都覺得痛的十二月，他說：「人是很容易習慣的動物。」

他不希望他們都習慣單方面付出來換取愛。

他接著說：「妳不要再跟我聯絡了。如果習慣這樣低頭，最後就會變得很卑微。」她只能哭，卻也明白這樣的自己更不可能被他喜歡了。他一直是說到做到的人呀，他是一個從不失約的人，決定好的事情也不會再輕易改變了。

她說好，然後風停了，他們在巷口道別。那是最後一次見面。

機器人也會寫詩嗎？

如果人失去了同理心，我們與
機器人的分別到底是什麼呢。

近期ＡＩ繪圖Midjourney非常火紅，只要清楚輸入關鍵字就能讓他「算」出一張張絢爛的圖。有人說這樣的圖再怎麼精緻都是沒有靈魂的，究竟靈魂能不能被科技所取代呢？

二〇一七年中國的「詩人」小冰出版了它的第一本詩集《陽光失了玻璃窗》，這本書由人工智慧書寫而成，引發軒然大波。儘管許多人矢口否認，卻也從它的作品中讀出了詩意。

小冰能了解它的作品所傳遞給讀者的哀愁嗎？或者它只是學習了五百多位詩人的作品，東拼西湊出了順口的句子呢？我反而覺得讀出了詩意也無需慌張，畢竟讀接受理論（Reception-Theory）時便知道，是我們的共感能力讓小冰演算出來的句子不再只是悲傷的空殼，而被投射進了實質的傷心。

但如果某一天，機器人擁有了共情能力，或者說如果人失去了同理心（事實上是現在發生中的事），我們與機器人的分別到底是什麼呢。

我最開始接觸的ＡＩ題材作品是小說《銀翼殺手》，故事裡男主角瑞克擁有一隻電子羊，每天靠追捕逃亡的仿生人賺錢，期望某天能存到錢購買一隻因物種大規模滅絕而變得珍貴稀少的活羊。隨著時間的推移，瑞克在拘捕仿生人的過程中卻逐漸對人類與仿生人之間的差別有了疑慮，因為他無法透過既有的測試準確分別兩者的差異。當兩者之差微乎其微，要殺死其中一方便成了道德難題。這本書的原文書名"Do Androids Dream of Electric Sheep?"直譯是《仿生人會夢見電子羊嗎?》"Dream of"在英文中也有想要的意思，仿生人也會渴望某種事物嗎?

《克拉拉與太陽》則以第一人稱寫出具有共情能力的機器人虔誠的信仰。

克拉拉是負責陪伴孩童的太陽能高級機器人。她心思細膩，有著卓越的觀察力。她陪伴的孩子裘希生病了，克拉拉發現裘希的母親希望她在裘希死後能「接替」成為裘希。當裘希的父母準備好後路時，克拉拉卻是唯一一個不放棄希望的，最終她向供給她養料的太陽祈禱，希望太陽能拯救裘希。

作者以和緩溫暖的方式，帶出了重擊人心的命題，對擁有共情能力的人工智能和人類的區別扔出擲地有聲的疑問。如果有一天科技進步到能夠完美複製人的內在想法與外在行為，人做為一個獨特個體的不可取代性，是不是就會消失呢？

《黑鏡：馬上回來》給了這個題目一個黑暗的答案。

女主角瑪莎與她的新婚丈夫亞許在一場意外中天人永隔。朋友告訴她有一款仿生人能夠透過社交媒體模仿逝者的性格。於是她訂製了仿生人亞許，那個年輕又風趣的模樣使她魔怔，耽溺於仿生人的陪伴中。快樂容易模仿，悲傷與憤怒卻不能。在幾次相處中，瑪莎對仿生人亞許的言聽計從感到失望，她變得越來越寂寞，卻無法親手了結那個長得和死去丈夫一模一樣的仿生人。

最終她逃避了這件事，把仿生人關在閣樓中，從此不再過問。

看這部影集的時候我完完全全能夠理解瑪莎訂製機器人的瘋狂，也能共感她必須跟機器人道別卻無法殺死他的痛苦。我們都知道失去摯愛的悲傷五階段，從否認到接受。而仿生人亞許的存在，讓瑪莎一直處於否認事實的狀態，同時她卻也無法逃避亞許已經死去的事實，所以這樣的糾纏讓她不斷被折磨。

如果有一天哪一家公司推出了這樣的產品，那應該是像毒品一樣存在，只會讓人為了逃避失去摯愛的痛苦而苟延殘喘。

虛擬與真實的界線是什麼？或許就是「心」吧。就像小冰不是因為親身經歷了一段感情才寫出〈她嫁了人間許多的顏色〉，仿生人亞許能夠複製人類亞許的說話方式，卻在面對不合理的指令無法有憤怒的情緒波動一樣。

回到對ＡＩ題材作品的喜愛，大抵是因為每次看完都對「心」以及人的本質有了更多想法。

機器人透過模仿後人們的回饋修正與人的相似度，人們也透過他人的反應逐漸社會化並認知自己的模樣。

引述朱嘉漢為《克拉拉與太陽》寫的推薦文中我深有所感的一句話，那就是「學習一種語言，為了理解他者。而理解他者，終究通向於理解自己。」

你的媽媽不是我的媽媽

或許你媽會變成我媽，
但我不會變成她的女兒。

早上八點五十分，她被手機的訊息聲叫醒。距離鬧鐘鈴響還有十分鐘，她想起朋友總念叨她休假還不好好睡飽。

她總笑說無妨，談戀愛的時候不比單身，工作日朝乾夕惕和男友聚少離多，好不容易排了期待已久的連休，才不要把時間花在睡覺上。

雖說步入職場幾年，早已不像青澀少女那樣對戀愛充盈著過於絢麗的幻想，但她仍不願馬虎。十八歲只有一次沒錯，可二十五、六歲，任何時光不也是一生只有一次嗎？

她不想辜負自己的任何一段年歲，於是決定起床準備。

刷牙洗臉後保養化妝，穿上昨天才收到的最新夏裝單品，再從首飾盒中拿出搭配得宜的飾品，最後用電棒捲整理頭髮。著裝完畢恰好會是十點，像是卡通裡小魔女變身一樣煥然一新，只是比小魔女還要費時了些。

今日他們要去時下流行的露營區露營，有別於傳統要自己搭帳篷童軍般的野營，這種露營區華美得像是度假小屋，床鋪與帳篷都是營區搭建好的，帳內還有除濕機等物品。所以她早收拾好了行李，再來她走到廚房，將昨晚備料的蛋沙拉、火腿片、雞腿等，精心做成沙拉與三明治，當作在營區的午餐。

十一點半，她準備好出門的用品，順手查看了訊息，然後面若寒霜地按了通話鍵。

「妳醒啦？」手機對面低沉的男聲如是問。

「為什麼突然要你去？不是說好你弟載阿姨回診嗎？」

對方支吾其詞，無非又是弟弟臨時有事，姐姐沒空，總不能放著媽媽不管云云。

「你應該知道我好不容易才排了這個假吧？營區也不能臨時取消了。」

「我知道，對不起寶貝。露營區房間的錢我會出，明天再見吧。」

「錢」這個字就像是前面那條導火線的引爆點。她的怒火燃燒更盛，努力壓抑著情緒。

「根本不是錢的問題，是我早就和你再三確認才喬了今天的假吧？你弟每次都這麼不負責任，你媽也不管。明明有兩個兒子一個女兒，就偏偏每次都是吃定你？」

對方嘆了口氣，似乎暗指她不可理喻，她幾乎可以想像對方如果在她身邊會用什麼樣譴責的眼神回應她的怒氣。

最後他用近乎無奈的聲音說：

「寶貝，你不要這個態度。等我們結婚，我媽也會變成你媽。」

她氣到語帶哽咽說：

「或許你媽會變成我媽，但我不會變成她的女兒。」

她想起某一次男友說母親隔天要來他的住處吃晚餐。她提議訂餐廳的位置，雙方下班後直接會合，但他回答：「我媽說想吃吃看妳的手藝。」

於是，她下班後火急火燎地洗手作羹湯，那天開飯時間接近晚上八點半，並且體驗了什麼叫「我媽媽人很好」只是「兒子限定」。

她記得那位大自己三十多歲的阿姨是怎麼在吃了一口自己煮的魚湯後，用「親切」的口氣喊她的名字後不慍不火地說：「雖然妳比他小六歲，但也不小了，該多多練習廚藝囉。」

說著同時抬了抬下巴對著兒子笑，放下手中的筷子不再進食。

那晚她在廚房洗著碗盤，看著成堆廚餘發呆，聽著客廳斷斷續續例如「這些家事當然不需要你來呀」之類的話。她想著是因為自己是女生所以該做賢妻良母嗎，卻又看見未來大姑的碗筷也丟在水槽裡，即使同樣身為女性，她也不曾為自己緩頰一句。

男朋友走進廚房，一臉歉意地說抱歉，卻沒有要她停下洗碗的意思。她想起自己昨天剛做完的光療美甲，雖然說洗一次碗並不能真正影響它的壽命，眼眶卻起了霧氣。即使是洗碗，她也只想洗自己乾淨的廚房裡那些精挑細選充滿生活儀式感的瓷器，而不是在別人的廚房裡，整理這些不知道要收哪的杯盤狼藉。

現在想來，這些無法改變的問題都有跡可循，只是自己視而不見而已。

盛暑的光原來也能很寒冷，她眼神暗了暗，最後還是提起行李打開App為自己叫了台車。

最後，她說了一句對方大概會覺得幼稚不懂體貼的話，然後掛斷了手機。

——「至少我媽不會對我這個樣子。」

失而不復得的少女心

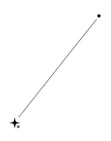

可靠指的不是讓其他人覺得心安，
而是有自己為自己遮風避雨的能力。

1

不記得是十五歲還是十八歲，總之是某個夏天經歷了一個儀式，致詞、頒獎、獻花、拍照，之後她便期許自己要做一個比誰都要可靠的女孩。

又後來她習慣獨立，喜歡一個人吃飯，不在乎發燒的時候是不是一個人去看醫生。身邊有許多能互相陪伴的朋友，可他們都不是柔弱的人，不需要自己隨時陪伴在側，只需要在重要時刻相伴即可；她發現可靠指的不是讓其他人覺得心安，而是有自己為自己遮風避雨的能力。

某一天這樣的她，終於也遇上了愛情，喚醒了沉睡已久的少女心。

「抱歉抱歉，都答應妳了才臨時反悔……」

「不會啦，你不用太緊張！」她熟稔地回答。

「太好了！如果我前任也像妳這麼可靠就好了，我就不用隨傳隨到還被罵。」

男孩打趣地說，然後放心擁抱了她。

她果然沒有違背自己的話，並不會過於依賴或黏人。他們在熱戀期時見面的次數便比其他情侶少很多，而她也一次次成熟地點頭，讓對方把約會時間拿去做更重要的事。對，更重要的事。

久久不能見面的時候她也會想念，頻繁吵架而使氣氛持續不好的日子她也會傷心，她發現自己也會希望他在意自己的情緒，也會渴望少女漫畫裡面的橋段發生在日常裡。

不願意宣之於口的鬱結聚沙成塔，終於她也必須自己面對那些不安。

那些不安、疲倦、想要在對方身邊恣意妄為的撒嬌都成隱忍，使她隱忍的正是當初說出口的那些看似瀟灑的自述。

「這樣太柔弱了，才不像我。」哭泣時她對自己說。

她依舊喜歡他說自己可靠，即使這個詞忽然有一天開始聽起來有點悲傷。但她不想要在戀愛關係裡做無理取鬧的人。

也許並非猝不及防，但某一天這段愛情還是走到了盡頭。

「抱歉，果然還是太勉強妳了。」對方說。

「其實每次見不了面妳都不生氣，我一邊覺得妳很獨立，一邊又覺得妳是不是不太需要我。」

終於她發現自己聽慣的道歉，其實有多麼讓人受傷。吃醋、嫉妒、佔有慾，原來對方也需要適量的這種情感來感受到被需要的感覺。拼命忍耐、裝作懂事，到頭來除了把真心也消磨殆盡，還讓自己得不償失。

潛意識裡害怕失去，所以先把自己包裝成一個豁達的人，努力維持著就不會讓對方在某次哄人的時候失去耐心；穩重地不表現依賴，多說幾句「你工作比較重要」、「你的家人比我重要多了」，對方便不會厭棄自己，不會覺得自己太過無能。或許最傷心的是，她那樣嚮往堅強，卻發現只不過是徒勞的假裝。

「下一次我要很任性。」她對朋友說，說完又不自覺蹙眉。這樣真的可行嗎，會不會越活越幼稚？這種擔憂再次佔據心頭，而答案這個夏天她希望自己能找到。

2

轉眼間灑上窗櫺的已經是初夏的陽光，依然是能讓小店二樓窗外的矮牽牛灼灼盛放的那種。少女看著杯子外凝結的水珠，漫不經心地攪動玻璃吸管，聽著吸管與冰塊相撞發出清脆的聲音。還是時晴時雨的梅雨季，距離上次和那個男孩一起來已經過了一年，這中間並沒有舊去新來，而她還是點著那一杯冰拿鐵。店家的招牌自家烘焙配方卻悄悄地從有巧克力核果香氣的巴拿馬山脈莊園，換成了帶有酒香的瓜地馬拉。

一切看起來沒有太大的改變。

「最近怎麼樣？」

互相報告近況已經是兩人多年的默契，不帶任何八卦或玩味，只是直白的問句。

「沒，除了之前跟妳說的實習的事，好像沒多特別的。」

「上週跟妳一起去吃咖哩的那個男生？」

「大學社團同學，單純就是朋友。」

桌子對面的女孩聞言點點頭。她們都過了談戀愛還想遮遮掩掩、欲說還休的年歲。考高中、考大學、出社會，友誼漸長，身邊的人也漸少了。最大的忌諱還是那幾樣，談了戀愛就變了個人的、不知為何不能坦然分享偏要說謊推託的、拿朋友當擋箭牌矇騙家長出去約會一邊因為另一半還跟朋友鬧翻的。

「妳跟他分手，也過很久了。還沒收拾好心情嗎？」

「好像也不太想談戀愛了。」

「妳以前常說的那種會怦然心動的少女心呢？」

少女凝神想想，所謂少女心是什麼呀？

是青蔥歲月裡，越來越理性持重，卻還是曾抱有一份不可多得的心願。

想了解一個人的全部，包括他的過去生活與未來願景。傾聽他曾經受傷的細節，再輕撫每道坎坷帶來的疤痕，以為能像魔法師一樣使之痊癒。

想要佔據一個人的心，就連不屬於自己的回憶都吃醋傷心，想著若能再早幾年遇見他，換作是自己絕對不會讓他難受任何一次。

與那個人牽手去傢俱店，談笑間描繪未來家裡的模樣。客廳要放木頭色系的傢俱、主臥牆上要內嵌閱讀燈……，彷彿說了就能白頭偕老，所有想望都能成真。

想為了那個人學做菜，或是想看他為自己下廚的模樣，晚餐後或許可以窩在沙發上共吃一桶冰淇淋，還要記得一起追垃圾車。

少女心是些許稚嫩與憧憬所描繪出的遙不可及，但在那裡，所有遙不可及的目的地前方都有一條通行的路。

「少女還在呀，只是心不見了。」

他們譴責了那個
太空船被偷的人

最好的狀態就是默默啜泣，
這樣看起來就會是「完美被害人」了。

1

去年十月，姐姐的太空船被偷了。一切都發生得突如其來，那天她一如繼往地駕駛買了五年的紅色新型太空船，沿途買了早餐，並把調頻轉到星際電台收聽晨間新聞，在出門0．05光年後抵達了公司。她如同往常將它停在公司旁的公有停機場裡，鎖上了門。一切都與平凡的早晨無異，沒想到日後卻不斷有人逼著她去回想那天到底「有什麼不對勁」。

姐姐下班時，原本停放太空船的位子空空如也，只剩一地玻璃碎片。

她慌張地左右查看，擔心是自己太疲倦而記錯了位子，後來還報了警，警察將她帶回局裡填寫表格，並問了一連串的問題。沒有人因為她的焦慮和眼淚而和緩語氣，彷彿她就是他們執行日常庶務中的一個普通環節。他們的眼睛看著紙本上的文字，並不注視她；他們的措辭並不謹慎，很多問題都像是在責怪。

警察問她：「那妳確定早上離開的時候有鎖門嗎？」

姐姐堅定地回答：「我確定。」

她那麼珍惜自己的太空船，這種事怎麼可能忘記。可是停機場裡沒有監視器，無法證明姐姐到底有沒有把門鎖上。只有外面轉角的路口有一台能夠錄下太空船進出時間點，鏡頭裡，太空船被偷走的五個小時後姐姐慌慌忙忙地跑出來左右張望，她的頭髮因為奔跑而凌亂，手上提著一個名貴的公事包。我們都沒想過這個公事包會成為日後不利的證明。

筆錄結束後警察「規勸」了幾句：「妳離開的時候很晚，入夜了比較危險。如果之後怕被偷的話，還是付錢停在公司裡的地下室吧。」

2

警察透過監視器畫面，在十天後逮捕了偷竊者。那陣子姐姐面對繁忙的工作還得來回奔波於律師事務所，又得配合警察問話。原本打算以星際大眾運輸代步，搭了幾天後卻覺得太過費時費力，只好花錢租了太空船。更不用說辛苦存錢買的太空船被偷走件事對她造成多大的打擊，面對這種不幸，我除了陪在她身邊之外什麼也做不了，這種沮喪也讓我感到無力，卻不敢表現出來。

就這樣煎熬著，我們終於等到了開庭。對方律師開始提問，姐姐只能再回憶一次那疲倦的一天，只要細節稍微與筆錄有出入都會被打斷，質問她是否記錯或說錯了什麼。

「所以你沒辦法證明自己有鎖門，對嗎？」

「對。但是不管我有沒有鎖門，都不是太空船被偷的原因對吧。」姐姐壓抑著怒火，被對方律師那目中無人的模樣所惹怒。

「請問妳那天是什麼樣的穿著打扮呢？」

這個問題姐姐已經回答了很多次，在筆錄的時候、在與己方律師交談的時候，她終於忍不住反問。

「我穿什麼衣服跟我的太空船被偷，到底有什麼關係？」

語氣一兇狠起來，陪審團立刻開始竊竊私語，她想起律師說過，開庭時最好穿得簡樸一些，頭髮用黑色髮圈束成低馬尾，臉上的妝要淡，尤其是眼下烏青不要遮，這樣才看起來夠可憐、夠像一個因為太空船被偷竊而心累不已的被害人。私下與律師討論策略的時候，律師會「善意地」提醒她說話的方式不能太強悍與銳利，也不能太冷靜有條理，否則很容易讓審判失焦。同時，情緒不能太失控，這樣會動搖她證詞的可信度，被質疑是一個會被情緒牽著走的人。最好的狀態就是默默啜泣，這樣看起來就會是「完美被害人」了。

接著對方播出了監視器的畫面，是我們曾在警局看到的那個，影片中再次出現了姐姐慌張的模樣。

「可能是太空船的紅色外裝太招搖了。」我聽到陪審團中的一個女子說。

「或是她手上那個包，這麼明顯或許早就被偷竊者盯上了。」另一個男子說。

是了，晚歸是風險、紅色太空船是風險、手上提著貴一點的公事包也是風險。他們無一不在指責她讓自己暴露在險境，好像在這場犯罪之中她也必須負起一點責任一樣，好像有了這些因素，偷竊者的行為就能稍微被合理化。難道每天駕駛黑色太空船並在晚餐前離開公司，就能確保太空船不會被偷竊者盯上嗎？更甚，那不如大家都不要買太空船了，這樣就能完完全全規避被偷的風險。

接著，更荒唐的事發生了，偷竊者說了一個故事。

「我不知道這樣算是偷……，我沒有那個意思。那天早上，我在停機場裡遇到這位女士，我問她能不能向她借太空船，她說可以。很抱歉，我的確不應該私自開走太空船，但我那時候真的很急。」

姐姐雙目微睜，不敢相信自己的耳朵。

「你說謊，你早上跟我借的是錢，我也拒絕了。」

「所以妳的確有跟他說話。」對方律師說。

「對，可是他說的內容都是謊話，那天我們根本沒有談到太空船。」

「妳有拒絕他的搭話嗎？」

「庭上，我根本沒說過要借他太空船，誰會借一艘太空船給一個陌生人呢？即使我真的答應了，也不代表我允許他敲破我太空船的窗戶把船偷走！」

「妳騙人，妳明明說我可以借妳的船。」偷竊者插話，又是那一副可憐又誠實的模樣。

「借？」

「對，妳說可以借我的，妳才在說謊。」

姐姐氣得把桌上的水瓶丟向了那名偷竊者，偷竊者眼裡滿是狡黠。陪審團開始躁動不安，連法官都皺起了眉，誰都無法證明當時的對話內容。

「你看，要是她不要跟那個小偷說話就沒事了。」我聽到坐在旁邊的人小聲地嘀咕。

3

判決結果出來了，偷竊者必須賠錢，可是他根本沒有足夠的資產負擔太空船的維修費用。到頭來受罪的還是姐姐，除了天外飛來的橫禍，還必須被那些陪審團員和旁聽者指指點點。

可是姐姐和我都看過他的眼睛，看過他那得逞的眼神裡根本沒裝著絲毫歉意，道歉與懺悔只是為求減刑所演的戲，他從來也沒有為了說謊道過歉。

姐姐說，到頭來好像在比誰更會裝可憐，誰哭得比較慘就能引發惻隱之心。就因為她看起來比較堅強、經濟能力比較好，在這場審判中不是一個合格的被害人。

姐姐因為這件事，對獨自走去停機場感到焦慮，好在她的同事們常常願意陪伴她。但總是有必須自己一個人面對的時候，這種畏懼只能隨著時間一點一滴過去慢慢痊癒。

如今，每當我在外看到紅色太空船，心裡都萬分感慨，姐姐到底做錯了什麼？被社會縱容出來的偷竊者們，他們的下一個目標，會不會是眼前經過的其中一艘太空船呢？

太空移民
Space colonization

人類能夠開發地球以外的星球，並懷抱將物種遷移至該處的美好想像。許多人認為，人類喜歡冒險是天性，許多航海家發現新大陸的故事都成為傳奇，但事實上他們總在踏足的島上傳播疫病。

迷路的星際移民

等到我們真的能獨立生活的時候，
才會發現自己已經不屬任何地方了。

1

美國一家民營太空運輸公司宣布，未來二十年內將在火星上建立能夠自給自足的城市系統，人類將能移民至火星。

心理學家說人類喜歡冒險是因為腦內多巴胺在作祟；商人說成功的人都喜歡冒險，勇於試錯才有機會成功。

而我至今仍不清楚自己愛不愛冒險，只知道自己矛盾，想要流浪卻又追尋安穩。

2

升大二的暑假跟好友兩個人一起去上海，那是我們第一次離開父母，自己跟朋友出國旅行。某一天的行程是一早要從上海虹橋轉運站搭高速鐵路南下，天真的我們不知道車站大得像迷宮，一邊為票券上的發車時間倒數，一邊在狂奔問路時被無數旅客冷眼相待，最後使出跑百米的力氣才在車門關閉前那一刻跳上了車。

升大三的暑假我一個人去東京，出發前先做了功課，知道共享公寓所在的澀谷站上下合計八層樓，四間鐵路公司及多條支線經過。無奈事與願違，到了現場還是被種種指示牌迷得眼花撩亂。當時日文不夠好，問了站務員也聽不懂回覆，只能沿著指示牌一再嘗試尋找正確的方向。

曾經我的夢想是就這樣四處流浪，在不同的國家落腳並工作，即使語言有隔閡、即使文化有差異也沒關係。那時我還天真懵懂，所以無所畏懼；後來有了包袱，所以有所顧慮。

從離開台中開始，我學會了大大小小的事情。第一次看租屋，同學陪我走過一段很黑的路，來到一個半地下室，我看了看還是提不起勇氣。當時還不清楚什麼樣的房子是好的，後來輾轉看了幾間後總算學會。第一次在房間裡面對巨大蜘蛛，嚇得我直接大哭，最後仰賴隔壁租屋的鄰居幫忙處理，很多年後我終於也找到方法面對昆蟲了，雖然仍不是那麼熟練。第一次在外地生病發燒，病得一點力氣也沒有了，卻還必須拖著病體走下四層樓梯去鄰近的超商買東西給自己吃。

就是這些小事讓我們一天天比以前更獨立，卻也一天天離故鄉更遠。

出發的時候不會的事情，後來我們都學會了，學會看形形色色的地圖，學會判斷租屋物件的優劣，學會用日文溝通，學會在一次次漂泊中變得堅強。

長大就是踏上一條離開故鄉的漫漫長路，見識到不曾見過的璀璨星河，也親身體驗那些迎面而來割傷自己的碎石，是多麼地不留情面。離家的時候我們多半想證明自己，證明自己脫離了父母的羽翼仍能獨力面對很多事情。

但是曾幾何時一轉身，等到我們真的能獨立生活的時候，才發現自己已經不屬任何地方了。

3

剛上大學時，我曾寫下一段話，說台北就像一雙不合腳的玻璃鞋。人們都愛它光鮮亮麗，即使並不適合自己。

上大學以前，我會介紹自己的故鄉是花蓮。父母自小生長於花蓮，他們出社會後西漂到了台中定居，雖然他們心裡有一個遠在天邊的祖籍，但故鄉自始至終都只有一個，因此在成長過程中，花蓮對我而言格外親近。上大學以後，自我介紹時同學們以故鄉做為劃分，為新朋友們貼上標籤。身為一個土生土長的台中孩子，我開始頻繁提起台中，也熱愛向其他縣市的朋友推薦台中的餐廳與景點，那是我第一次體會到對家鄉的認同感。

搬離政大進入職場之後，同事也會互相詢問出生地，做為延伸話題的方法。偶爾當有人問起關於文山區的問題，我難免發現自己對住了四年的地方，周邊交通及風土文化仍不熟悉，才驚覺自己竟然又定居並離開了一個地方。

當有同事談起台中的美食與城市舒適度，我發現自己是那麼以家鄉為榮。可是此時此刻，我的身分已經是台北團隊的一員，台中團隊另有其人，離開家鄉五年之久，我已經漸漸失去正牌市民代言人的資格。

說自己是花蓮人，可是並不久住於那兒；說自己是台中人，卻已經離家五年；說自己是台北人，但沒有任何歸屬感。

認同感來自哪裡呢？是生活時長、口音、還是食物的口味？在這座交通發達的小島上，回家不用跋山涉水了，但走遠的是不是自己的心而非軀殼呢。

而現在的我究竟屬於哪裡呢。

4

數月前我從台中家裡移植了四棵多肉植物回台北，近日最後一棵也枯萎了。我灰心喪志地寫道：「植物搬來台北就活不了，人也是。」

這裡對我來說永遠是他鄉，下的雨比較濕比較冷，起的霧比較厚比較重。這裡車流壅塞、人潮擁擠，每個人都只專注於自己的步伐，誰也不會發現誰的苦痛，也或許是因為誰也沒比誰更不辛苦。除濕機只能拿來揚湯止沸，就像上緊發條的我們。只要一停下幾天，牆上的黴菌就會重新猖狂地長回來；只要一停下幾天，你那站不穩的腳跟都會被連根拔起，失去在這座城市繼續生存的能力。

常常有人問我留在台北工作，是因為很喜歡這個地方嗎？我都說不是。一定也會有人會問，既然這麼討厭，又沒有誰逼你留下來，為什麼還在這裡？事實上，這句話我也常常問自己。

既不是「生活所迫」那麼矯情，也沒有「築夢踏實」那麼宏大，最後一言難盡的答案都成為社交辭令中囁嚅的一句：「因為在這裡讀書四年，所以我就留下來了。」

台北充斥著跟我一樣的人吧，為那多一點的工作機會、多一點的未來展望、多一點的薪酬獎金而說服自己留下來。光鮮亮麗的台北裡比較多的是灰色的人。你不會擁有信義區百貨招牌的紅、更不會坐擁大安森林公園的綠，走過那麼多繁華的地方，每天回去的，還是灰色水泥和鐵皮砌成的老公寓。

回想從前，中南部的孩子總是對北上讀書有著壯麗的幻想，就像一種潮流的象徵、一個上流社會的代名詞，填上台北的學校就會擁有一種不知道是否實際存在的光環。上了大學，雖然我的確感受到了專屬於台北人的文藝資源。影展、戲曲、新書座談會……，台北做為文化產業的樞紐，資源比其他地方多了更多無可厚非。可是一直以來，台北的光環只屬於每個階段金字塔頂端的人，而我一刻都沒有感受過。

5

要怎麼對一座城市生出歸屬感呢？租屋總是有寄人籬下的感

覺，東西壞了不能自己決定修繕或去留、看著門鎖永遠擔心另一把不在自己手上的鑰匙。

即使目前房價居高不下，現在的我仍希冀未來哪一天能夠置產，原因只有一個，就是擁有屬於自己的家，或許才能有「定下來」的安全感。實習那一年我住在巷弄盤根錯節又老舊的吳興街，離遠東百貨A13及信義區豪宅座落的松仁路僅步行五分鐘的距離。跨年煙火的時候，寬敞的松仁路不會太擁擠，欣賞101大樓的視野是最好的，回頭望向象山公園旁那些坐在自家陽台就能欣賞煙火的人，就像在看城堡上的公主一樣。

想必他們就是那些可以擁有歸屬感並且能夠抬頭挺胸說出自己

喜歡台北的人吧。

不知道十年後的我還會不會執著於擁有自己的家，或許創造歸屬感還有別的方法也說不定。或許我會實現夢想，在某一個城市擁有自己的房間；或許我會發現，只要與愛人和貓在一起，搬到哪裡都是無妨；或許我會和現在一樣，還像一個迷路的旅人輾轉於城鎮之間。

我只希望那時候的自己，比現在還更有餘裕。

長大就是踏上一條離開故鄉的漫漫長路，見識到不曾見過的璀璨星河，也親身體驗那些迎面而來割傷自己的碎石，是多麼地不留情面。

第四章

相聚萬年

「在浩瀚的銀河裡，謝謝你與我並肩遙望同一片星空。」

卡戎
Charon

冥王星最大的衛星，因為潮汐鎖定所以永遠以相同的距離與冥王星遙遙相望，就像他的守護者一樣。有科學家說因為他們同步自轉而非一個繞著另一個公轉，所以他們應該是平等的雙矮行星。

不用非得成為誰的守護者

在這億萬顆星球裡，你總會找到
與你互相照顧的守護星。

1

人們常說，即使一段關係以失敗收場，只要有收穫與成長就是值得的。但其實誰也不希望一段關係走向結束，不說收場時的傷心與難堪，花費在彼此身上的時間就像沉沒成本，讓每一次分開的決心都變得搖擺不定，然後一拖再拖，最後不願意將就，也不願意付出大把時光卻什麼也沒換到。

然後有一天月落參橫，你說：「我真的下定決心向前了。」

結果卻換來一句無情的指責，問以前的那些幸福難道都抵不過現在的是非嗎？誰不是這樣的呢，不是每一次爭吵都能被曾經的美好淡化。再來就是對方那一句「難道你真的不愛我了嗎，以前說的都是騙人的嗎？」於是開始互相責怪，把對方說得殘忍又不守誓言，最後哭哭啼啼、傷心欲絕地離開。

從今往後，勿復相思。因為愛是真的，不愛也是真的。

2

她以前是一個很矛盾的人。打從心底認為自己在關係中屬於比較想被照顧的一方，卻無論在伴侶或朋友關係中都容易成為照顧者。小至主動餐廳訂位、安排旅遊行程、做家事，大至幫另一半修改履歷、找租屋、找工作。只要對方稍微流露出不安或自卑，她馬上就會挺身說出那句「我會接住你。」好像想證明自己的愛是如此強韌，遑論自己是否真有本事和強健的心理可以接住別人。最後她變得越來越累，在心底渴望喘息的空間。而對方也因為習慣於被照顧，漸漸變得更加依賴，一切便失衡了。

後來她想，或許在這一段感情結束後最大的收穫，就是她知道自己想要什麼。

可是天地之大，她已經沒有信心能在這茫茫人海找到適合自己的人，每一個她交往過的男孩一開始都看似可靠，最後卻都以她越來越像對方老媽的抱怨收場。

某一天她遇到了心儀的人，那個男孩看起來比前一個獨立許多，總是穿一身白色短袖亞麻襯衫，顯得乾淨又帶點疏離。她想起生活習慣不佳的前任，想起他總是皺掉的衣服，想起她約會時其實希望對面坐著一個體面的人。體面不單指金錢或外貌，而是一個人由內而外散發出的儀態，以及對於生活的理解。她害怕甚至討厭從前那樣叨叨絮絮要人改善生活、改善體態、改善衛生習慣的自己，所以她想著至少……，至少這位會更好一點吧？

他們一邊拋接球，一邊在生活的話題上找到共鳴。討論大學修了哪門課、討論愛去哪家咖啡廳讀書、討論香氛用品的牌子，她原以為男生不會在乎這種小細節，但就是這些小細節讓對方看起來極具魅力。她喜歡他對單身的想法，他們都一樣寧缺勿濫，一樣能夠享受一個人的生活。

她想著就這樣也好，如果兩個人都對現狀感到滿意，或許不用太快再嘗試戀愛。所以聊了幾個月，唯獨心照不宣地避開了內心最深處的疑問。其實她最想問的是，如果進入一段關係，你比較喜歡照顧人還是被照顧呢？她害怕知道答案，也害怕自己的答案會讓他退避三舍。畢竟從上一段感情看來，她並不覺得當一個照顧者有什麼優點。

有一天他告訴她，他偶而覺得與自己以外的世界很疏離，兩人開始談起潛意識中的自我感。看似輕鬆的談心，卻讓她再次憂慮。隔天，她急急忙忙地打電話給好友，言談之間說起了從前的疲憊，她害怕這個男孩也需要依靠自己，因為她終於挫敗地承認自己根本沒有完全接住他人的能力。

「妳有沒有想過，他或許不需要妳的照顧？」

「或許他只是想跟妳分享，但並沒有要妳解決這個問題。」

朋友一語道破，為什麼妳要把前任找不到租屋、職場面臨挫敗，以及轉職失敗的問題都攬到自己身上呢？這些話縈繞於耳，而她最終明白，或許自己只是耽溺於那種被需要的感覺裡。

或許控制慾強的自己，才是心理最脆弱的那一個。

3

他們開始交往，她好幾次在心裡偷偷想著原來這就是理想愛情的模樣。

他教她使用健身器材、她教他煮咖啡；他喜歡科學紀錄片，她喜歡看小說。即使有許多不同的興趣，他們仍能自信地向對方介紹自己的喜好，然後陪伴對方一起進行。

如果說以前她靠著對生活的困頓與不安，與另一半產生共鳴，這一次就是帶著對未來的期望在認識他。最重要的是，他會接住自己的不安。直到此時此刻，她才終於勇敢地承認，自己根本才是需要被接住的那個。想被說獨立、聰明、有想法，其實色厲內荏，在意所有目光都只因為缺乏自信。她渴望自己能因為值得依賴而被愛，但，更渴望所有的不安都能被溫柔地接納。

她終於不用再勉強自己隨時都要看似堅強。

以前她認為只要自己夠努力，無論對方如何，她都有力氣一併顧好兩人的生活；現在他們並肩而行，她不必擔心另一半的人生軌跡落後於自己。當他的生活出現小問題，她克制自己不要反應過度，不要又想替他找方法做決定。偶爾感到焦慮時，她也試著小心翼翼將這些恐懼分出去，學會安心地依賴他。

偶有幾次她陷入情緒的漩渦，啜泣著小聲的問：「我會不會配不上你？」

她從來沒有當過一段關係中比較柔弱的那個，她擔心跟不上他的腳步，就像她從前走在最前忘了回頭一樣。她想要他心疼自己的脆弱，又害怕他憐憫她的不安，怕在他心裡成為只能保護而不可依賴的愛人。她害怕未來他承受壓力的時候不願意讓她傾聽，怕她不夠優秀無法與他互相扶持。

他則擁抱她，摸摸她哭紅的鼻子說：「這種事妳永遠都不用擔心。」

都說唯有能讓自己越來越好的愛才有意義。她逐漸理解原來兩個人都把生活重心放在自己身上，能夠獨立解決各自的課題，為自己的下一步做決定，一起變好，才能讓生活不停往前。當兩個人都足夠堅強，才能在其中一方不好的時候成為安穩的後盾、成為能幫對方遮擋宇宙塵埃的基地、成為能提供對方燃料繼續前進的補給站。

「以往我透過『被需要』來感受愛，現在我知道試著了解你愛我的時候，我們都可以很獨立。謝謝你總是在我覺得自己一無是處的時候，溫柔地說：『可是我覺得妳很棒。』就像天空的時晴時雨、月亮的陰晴圓缺，謝謝你喜歡我的同時也能喜歡著這些。」

她在日記上寫下這些話，終於可以安然入睡。

「在這億萬顆星球裡，你總會找到自己的守護星。」準確來說，這顆守護星是雙向照亮對方的關係。

兩個人都把生活重心放在自己身上，能夠獨立解決各自的課題，為自己的下一步做決定，一起變好，才能讓生活不停往前。

走過低谷之後
會有通往明日的長路

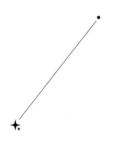

我會努力把它們也當成夜燈，
儘管這次的黑夜比較長。

「我必然會知道自己正在逃避。逃避焦慮只是意識到焦慮的一種模式。所以，焦慮其實無法被隱藏或避免。」

——沙特《存在與虛無》

等我意識到自己身處黑洞已經是逃避了一年之後。

我曾習慣以忍耐路途上大大小小的挫折來換取到達終點的滿足與成就感。就像把那些挫折都當成一盞盞夜燈，在末班車駛離的公車站、在看不到盡頭的升學考試中、在數不清的夜晚裡把它們當作前行的動能堅持著。

曾幾何時我們不知不覺把努力當作一種成功者的象徵。我們會用各式各樣的App、排程表、行事曆控制自己的飲食、運動、工作與讀書的專注時間，把馬上廁上枕上的時間都拿來提升自己，即使是休息也是為了更長遠的路。

我們開始無視於很多時候，我們其實是在忍耐並適應這種腦袋持之以恆運轉、腎上腺素濃度持續攀升，隨時都是「很有意義且具生產力」的日常生活。我們總是認為自己有能耐在同一時期做好很多件事，這樣生活才顯得精彩。我們會把這些精采變成IG的精選集、臉書自我介紹的一整排「曾擔任」，以及履歷上半張A4紙都裝不下的列點。不談教育體制是如何讓我們嚮往當個「通才」，我們以為把這種生活模式內化成所謂習慣，就能一直一直堅持下去。

就是那些擅於為自己忍耐的身體記憶，讓我一年多來都沒有發現，原來在到要達終點時「忍痛放棄」是這麼漫長又辛苦的事。漫長到我幾乎耗盡所有「忍耐」的力氣在這一件事上，以至於沒辦法承受生活中的其他痛苦，即使那些事情並不艱難。

如果人一輩子有一百罐忍耐瓦斯，我好像在二十四歲的那年突然不慎將他們全數用罄了，在茫茫星海中卻怎麼樣也無法找到補給站。

就好像太空人與太空站之間的繩索被扯斷了一樣，我無法在前功盡棄後重新振作起來。

大三下學期那一年，我一邊準備三月的托福與七月的日檢，一邊申請校內交換學生徵選。那是我最常待在圖書館的一年，整天往返於圖書館、教室、打工的咖啡廳。撇開校內面試時差點淚灑教室的不順，放榜後得知能夠前往東京名門大學的喜悅，讓忙碌成為一切都會越來越好的象徵。

大四我買好了飛往東京的單程機票，以及一個新的自動秤重行李箱。提早修畢達畢業門檻的一百二十八個學分、轉租了學校旁的小套房，忙著珍惜與朋友家人見面的時間，做好未來一整年都見不到他們的心理準備。從春櫻到秋楓，從北海道到鹿兒島，為自己的冒險寫上縝密的計畫。

更令人高興的是《借一個你的睡前時間》當時即將出版了。在那之前我甚少對生活抱持信心，那時的我卻不知不覺將一句話當作信念，那便是「越努力越幸運」。

然而，這份信念被瘟疫措手不及地砸了個粉碎，一直以來熱愛規劃與實踐目標的循環圈圈因為付出沒有得到收穫而斷成兩半。網路上說不要衝動消費、不要情緒進食，說的便是因為疫情休學並草草結束一整年線上交換留學後的我。

《佛遺校經》說：「世間縛者，沒於眾苦。」是以人群聚而生，千絲萬縷環環相扣的關係都是互相煩憂的根源。

疫情爆發後迎來的是對於無常的焦慮，每天都有病例數字與國家邊境失守的消息。處理國外事務的書信往返於學校與租屋處，結果收到了冷漠堅硬的回覆。冷漠到不敢相信素昧平生的交換校因為疫情帶來的困境所給予的溫暖和彈性，竟比以交換機會聞名的母校來得多。

為了等待疫情平緩，我選擇休學。等到秋天，簽證卻遲遲不開放。於是歷經那麼多錯過，春華秋實，我結束了為期一年的交換學生，畢業前半步也沒能踏足日本。

課程結束之後，我為換回五千元押金寫了固定格式的交換學生心得，關於食宿及校舍介紹和外國開銷的欄位只能空白。想當時我也是看著前輩們鉅細靡遺的心得，思考自己搬進外國的宿舍需要準備什麼行李，想像一人旅行可能會遇到的美好與坎坷。寫完打開字數統計，字數不足以達標，幸而沒有被刁難。

佛說：「生苦、老苦、病苦、死苦、愛別離苦、怨憎會苦、求不得苦。」

求而不得的苦開始成為黑洞，吞噬我對未來的期盼與嚮往。後來我想不清楚自己畢業後要做什麼，我曾預設自己在赴日交換的一年中會因為文化的碰撞與獨立生活的經歷而找到未來的方向，然而在這充滿無限傷心的線上交換，衝勁消失了，留下的只剩焦慮。以為努力會帶來成功，卻讓因時間停滯的我顯得失敗。

我開始擔心這一年半都停留在原地，不安於現狀，就在畢業前打開了求職網站，又一次，那是太空人與太空站之間的繩索斷裂的警訊，我卻沒有發現。

忍痛放棄自己歷經千辛萬苦達到的目標，竟然摧毀了我生活一部分的信念。或許十年後的我看到這一段文字會覺得是滄海一粟，感嘆年少未經世事的自己竟是這樣經不住風浪，然而，人或多或少都需要一個目標，才能堅持生活下去；透過體認到生活的「意義感」而願意在跌倒的時候繼續忍耐下去。

我開始以為自己適合及時行樂，想著即使今天存錢明天也可能遭逢橫禍，而花掉每個月拿到的薪水。看到想吃的東西不再規劃開支用度而直接登門品嚐，像是無法負荷任何辛苦的事而停止了運動和斷食，畢竟我不確定運動能否為未來的自己帶來健康的身體，唯一能確定的只有當下會很累而已。

賈伯斯的「把每天當作最後一天」並不適合我，因為我只會拋棄所有宏大的願景，在那一天花光所有積蓄去換一塊草莓蛋糕和一杯冰拿鐵。

逃了將近一年的時間，某天夜晚我發現自己對現況的難耐竟可以用「人生從畢業開始走下坡」來形容。想去日本長住的想法已經從目標變成了執念，成了跨不過去的坎、走不出的低谷。伴隨那些「至少我還有工作」、「至少我不會餓死」的自嘲，我差點決定就一輩子庸碌地做一份不算討厭也不夠喜歡的工作，為了更多薪水在職場鬥爭裡你死我活。

思考下一步前等同於必須先面對自己的失望與失敗。這使我變得無法寫作，畢竟寫作便是爬梳自己心緒的過程。

最可怕的是，我不似以往擁有明確的目標，卻又不能接受自己將就。

為什麼我們總不能接受自己將就？

現在想來，那些努力並非毫無意義，只是我曾期望付出後能立即收穫，卻沒想到回收的時間被一點點拉長會那麼令人難受。我仍期望這些努力不是前功盡棄，至少學會的語言和考過的檢定都仍有其意義。如今想起坐在圖書館三樓面對河堤窗台座位的時光，都覺得靜下心來學習自己喜歡的東西是一件無比幸福的事，是出社會被外物所打擾後格外豔羨的事情。

人生還很長，二十四歲時所處的低谷，讓我看清了自己的脆弱與不足，並為了下一趟旅行做準備。我想我沒辦法感謝這些挫折，畢竟它們某種程度上辜負了我的青春歲月，刺傷我太深以致花了太多時間待在低谷。我會努力把它們也當成夜燈，儘管這次的黑夜比較長。

但我還是想努力去相信，那些沒有白費的努力能讓我走向下一個春暖花開。

就是那些擅於為自己忍耐的身體記憶，讓我一年多來都沒有發現，

原來在到要達終點時「忍痛放棄」是這麼漫長又辛苦的事。

喜歡的事在夜裡發光

不要忘記曾經能夠使你會心一笑的

興趣愛好，在天黑的時候也能救贖你。

《借一個你的睡前時間》出版時我正因疫情而選擇休學，並不知道這場禍事究竟會持續多久。當時雖心思煩亂，尚且樂觀地以為，現代醫學畢竟已經十分進步，這波疫情不過是讓排程被延宕一學期而已，不曾想兩年半過去，時至今日還未平歇。

我北上處理休學手續、帶著新書去拜訪大學時的老師。在人才輩出的系所中，無論好學程度還是才氣，我必定都是非常不起眼的那一個，但老師仍客氣接待，寒暄一陣後他說：「永遠不要停止寫作。」不知道是否是因為看過太多畢業生，在出社會後忘記讀書與寫作所帶來的快樂，才有了這句肺腑之言。

然而在低谷之中，我停止了寫作。一開始以為是新工作忙碌而無暇顧及，股票與工作管理方法的文章佔據我的手機，文學漸漸從自己的生活裡缺席。後來一切抽絲剝繭，我才知道自己並非「沒有空寫」，而是「寫不出來」。

認知到這一件事嚇壞了我，三番兩次向編輯拖延交稿的愧疚和追蹤數因遲遲未更新而不停下降的狀況，形成了焦慮的惡性循環。

如果放棄寫作，生活還過得下去嗎？答案是能，生活還是過得下去。

畢竟在資本主義時代，文組起薪比較低、寫作者和出版社乃至整個產業都日漸萎縮早已是不爭的事實。資本主義讓我們相信是科學以及所有精確的數字，撐起了整個國家的運作。即使是職業作家，除了少數頂尖的佼佼者，多半需靠演講及評審等額外工作來平衡收支，這與其他能專注做一件事、風光正盛的職業是相距甚遠的。

放棄寫作的話，是否就等同於放棄了能大肆發表自己所思所想的話語權、拋下了靜下心來爬梳自己思緒的機會呢？我想是的。想要繼續寫下去，我便不得不正視自己逃避已久的無力感、不得不重新梳理自己處在低谷之中的灰暗。

我很擔心這樣的文字是否會得到讀者的共鳴，上一本書畢竟是走過升學體制的幾年後所寫，大有事過境遷，跨過那道坎後再回頭慢慢雕琢想法的感覺。這一次，我卻仍處於大霧之中，宛如要在伸手不見五指之地形容自身所在。

我將這些擔憂告訴了編輯，他說：「希望這本書可以獻給那些正在為自我摸索苦惱的人，讓他們有個可以安放的地方。」

是呀，逃避雖然可恥但有用，可逃避太久以致無法前行終究是下下策。

回到「做喜歡的事」這一題，開始第一份工作後才知道大人口中最幸福的大學時光並不只是單純玩樂而已，對我來說，是能自行安排時間的自由所帶來的輕鬆感。我們可以參加複數社團，盡情找尋新的興趣；我們可以趁著年輕，拿爸媽給的零用錢買一台相機或一把吉他，窩在學校涼亭的椅子上把玩它們；我們可以旁聽或選修所有系所的課程，了解自己感興趣的學科；我們可以盡情抱著電腦在圖書館裡吹著冷氣，做一整個下午的報告；我們可以隨時隨地見到自己的好朋友……。

出社會以後，一天十小時在外奔波。扣除回家後洗漱、吃飯、打掃與睡覺，時間已經所剩無幾。就像回到大學以前那十二年受教育的生活，每一天的規劃都必須報備，或有人安排。現在即使想再多學一點，撇除下班後只想躺在床上的倦怠，無論是網課還是在職專班的學費和便利性都不如以往。

一旦覺得麻煩，便會產生惰性；一旦產生惰性，便會忘記當初那些豐富了生活的興趣是怎麼在自己心裡發光發熱的。

持續做喜歡的事吧！哪怕身體再累、哪怕時間再晚。偶然拿起吉他，才發現琴弦已經鏽得不能再用，指腹的繭早已恢復如初，身體記憶一旦生疏，就必須重新來過。如此一來，便需要重新面對入門時的撞牆期。

一定會有覺得疲倦不堪的時候，但不要忘記曾經使你會心一笑的興趣愛好，在天黑的時候也能救贖你。

夜晚

曾以為生活是有了明確目標，從此向那處航行。現實卻常是啟程地過於倉促，只能在每個載浮載沉的風浪裡繼續探尋。如果可以，我想去原諒那個在學會使用羅盤以前，每一次為妥協而低的頭；也不再苛責掌舵未來卻迷惘，走停之間做了錯誤決定的自己。不再把每一個抉擇看作無法容錯的二選一，不要總是執著找到眾人都滿意的解答而苦了自己。

我知道船上不會只裝載美好事物，淺嚐過海水的苦澀才能從每一束浪花裡找回面對下一次迷航的勇氣。就像海上的星星在黑夜裡才會明亮，祝你現在經歷的黑暗都是短暫，而你能從中找到那顆最亮的心之所向。

馴服一隻貓
就像練習愛人

愛一個人或一隻貓
更多的是尊重對方的空間，
並且不急躁地渴望每一次付出
都能得到相應的回饋。

夏天領養了一隻流浪貓，是去年蘆花白時生，八個月大，本來想取一個文藝的名字，後來還是選了唸起來可愛的，叫做Mimo。咪摸，倒過來唸有點像貓咪，可作英文也可作日文。因為脖子上受了傷，固定餵食她的中途阿姨把她送到了醫院，並想為她找一個家。

中途阿姨並非專業，秉持著一顆慈悲的心救援附近的貓咪。一些鄰人會對貓丟東西潑水，以至於她已兒孫滿堂、一把年紀，仍為附近的流浪貓奔波。漸漸的阿姨家裡收容了四隻貓，還開放自己家的後陽台供往來的流浪貓們吃飯，Mimo就是在這時連同五個兄弟姊妹被媽媽帶到這裡。這一窩孩子裡，就只有她一隻三花貓，琥珀色的大眼睛像寶石，瘦巴巴的身材一眼就能看出四處流浪的痕跡。阿姨說她乖巧文靜，總是等到兄弟姊妹們都吃飽了才默默上前。又因性子膽小，結紮後不忍原放，抱著姑且一試的心情替她找家。

我對三花貓情有獨鍾，源於大學時打工的咖啡店。咖啡店在指南路上，從學校正門步行一分鐘就到了。中文系當時最流行的打工便是改作文，奈何各大補習班離學校距離甚遠，為了節省來回交卷的舟車勞頓，我便決心在學校附近找一個下課十分鐘內能上班、下班十分鐘內又能上課的地方打工。

店裡有六隻貓，其中一隻便是曾經流浪過的三花貓。她不比另一隻灰色店貓活潑大膽愛探險、也不比另一隻賓士店貓親人好抱。她偶爾主動撒嬌、偶爾又會出爪揍人，雖膽小且喜怒無常，卻有一雙渾圓的大眼以及稚嫩的嗓音。她會回應自己的名字、會對逗貓棒著迷、會對著玩偶踏踏。

店長說有一段時間她曾有家，在安全的空間裡的她變得很黏人，不是這樣時刻戒備的模樣。因為某一些不得不，她還是回到店裡繼續做店貓，直到離職的那一日我還是沒能抱到她，或許若她成為家貓，她的擁抱就會只屬於一個人。

領養Mimo前，因為知道她膽小，我看遍了網路上所有關於貓咪行為學以及溫和親訓的文章，發現了自己和貓的相似處實在多得不勝枚舉。一樣作息規律，一樣有自己的一日排程；一樣擁有很多壓力來源，一樣容易對於變化感到害怕及焦慮；一樣害怕陌生人的突然靠近，一樣對於不熟悉的人事戒慎恐懼。

最後，面對無法承受的壓力都會逃跑並躲起來。我從前不認為自己是這樣的人，直到走進這一次的低谷，才發現早在很久以前我就懂得怎麼逃避。

想起幾年前推特上爆紅的一段話，一位小學生森田真由投稿詩作於日本產經新聞：「會因為逃跑被罵的，大概只有人類了。其他生物明明都順應本能，不逃跑就無法生存，為什麼人類會得出『不可以逃』這種結論呢？」

我們太習慣硬扛，太習慣疼痛。以至於太過痛苦的事我會故意忘記，原來人是真的能因害怕想起，而故意把記憶丟進大腦的深海底。

就像那一年，我不記得奶奶過世時的任何細節，多年後回想仍想不起每一個畫面，包括季節、日期、病因、臨走前說什麼話。這些本該牢記於心的事，我一件都不記得，直到現在稍稍想起卻還是流淚。潛意識裡，我知道這可能是一種不健康的逃避，因為我沒有消化也沒有放下，就只是逃得遠遠地。

親訓文章裡有許多飼主面對膽小新貓該做的事，例如：

1. 不能突然快速靠近，否則他會大受驚嚇。最好側身靠近，且動作輕柔。

2. 不能直勾勾地盯著貓，否則他會像被獵食者瞪著一樣感到威脅。看貓時最好能瞇著眼並緩慢眨眼。

3. 一開始除了放飯與鏟屎外必須把自己當作空氣人，不看不摸。從同住一室到縮短距離、再從縮短距離到肢體接觸，必須溫和地一步步來，才能讓貓打從心底知道主人是安全的，這其中一刻都急不得。

網路上還有一種親訓法，名為洪水法。和人類治療學派的方法一模一樣，將大量會觸發焦慮與恐懼的刺激刻意展現在患者面前，藉由曝光在大量刺激中削弱患者對這類焦慮的敏感性。而貓的洪水親訓，則是用毛巾把貓包起來避免他逃脫或出爪，並且不停地觸摸直到他習慣、不再掙扎為止。這種方法雖立竿見影，但貓很可能只是習得性無助才讓人撫摸，而非真正對主人建立了信任感而願意親近。

身為一個焦慮的人，我無法想像洪水法若實作在我身上會有多噁心可怕。所以我更不願在Mimo適應新環境時，用這種方法讓她學習被我觸摸。

想到最後，或許只是尊重對方的意願，這一件簡單的事而已。

我想我們這一代人在孩童時期應該都感受過類似洪水法的恐懼，也就是在沒有安全感的狀況下被迫與陌生親戚獨處、表演才藝、被開玩笑、摸頭捏臉等等。教育基本法於二〇〇六年修法通過禁止體罰。所以我們這一代的童年裡，父母一輩開始認同打罵教育不妥當，但部分班級還存留動輒恐嚇的「愛的小手」。兒童的身體界線受到重視，心理界線卻沒有。即使體罰消失了，羞辱式比較、隱私界線模糊、情緒勒索等各式各樣的問題，都成了我們這一代「大人」們對過往年節及升學的惡夢。

還記得前年春節，衛生福利部在粉絲專頁上貼了一篇兒童心理的衛教。內容是：「孩子不問好等於沒禮貌？我們看到陌生人也會緊張，請同理並尊重孩子緊張的感受，放下禮儀迷思。」長大後我們都知道，主動打招呼是一種為建立關係而有的社交辭令，回想童年的確難以理解主動打招呼究竟能帶來什麼好處。打完招呼緊接著被問上許多難以回答的問題，更甚是肢體接觸，似乎主動打招呼除了緊張與陌生感之外，早已與負面體驗產生了連結吧。

貼文下一則留言獲得了許多讚，他說：「我好希望二十年前，也有人這樣跟大人說。」

我們都回不到以前了，只能在成為大人後將這份溫柔用於其他孩子。期望做一個不討厭的大人時，也可以救贖童年的自己。

Mimo來了，而她比我想像中的更怕人，我亦焦慮於她的焦慮。但就如同《小王子》所述，小王子問狐狸什麼是馴服，狐狸說馴服就是建立關係。「對我來說，你只不過是個小男孩，就像其他上千萬個小男孩一樣。我不需要你，你也不需要我。對你而言，我只是一隻狐狸，就跟其他上千萬隻狐狸一樣。但是，如果你馴養了我，我們就彼此需要了。對我而言，你就是宇宙中獨一無二的存在；對你而言，我也是世界上獨特的存在。」*

她就像一隻驕傲又脆弱的小狐狸，而我是那個需要耐心取得信任的陌生人。

流浪貓本身也有許多需要解決的問題，包括體內外寄生蟲、三合一預防針、加上她原本脖子上已結痂的傷口，醫生更直言更換環境會讓貓因為心理壓力而抵抗力大幅降低，因此每一件事都觸動著我緊繃的神經。

回家的第一天為了讓她戴回脖子上的頭套，我試著用肉泥把她

---

*出自安托萬・聖修伯里《小王子》，於一九四三年出版的法國寓言故事。

騙進籠子裡並伸手靠近，卻換來她的極度驚懼的壓耳散瞳與顫抖。為了整理環境，我打開吸塵器，她躲在角落一整天動也不敢動。我知道這些讓她害怕，可是為了她好卻不得不做。我怕她討厭我，也不禁開始思考成長路途中父母師長那些「為了你好」背後，是否也曾有過掙扎與不得不。

面對放飯卻被貓咪哈氣而感到沮喪的我，另一半問我是不是很需要寵物的正向回饋，是不是其實我需要的是一隻狗？想著「啊，真的好想跟貓咪一起睡覺呀。」眼角餘光看著她驚恐的眼神，不禁想著到底要怎麼更溫和地對待她才行呢，到底什麼時候才能像尋常人家一樣，回到家看見躺在桌上慵懶的貓咪，摸摸她陪在她身旁吃飯呢。

為一個生命負責，竟然這麼不容易。這幾年我曾數次想過擁有一隻貓咪，終於在穩定工作滿一年時鼓起勇氣，以為做好了萬全的準備卻還是手忙腳亂不如預期。看著網路上曬貓曬狗的影片，每一個都如夢似幻地美滿，實際接觸才知道在美好的生活背面有的是山丘與溝壑等著我們去征服。

我想或許Mimo能陪我的，是練習付出並與自己和解。練習付出，讓在關係裡總是強勢的我知道，愛一個人或一隻貓，更多的是尊重對方的空間，並且不急躁地渴望每一次付出都能得到相應的回饋。我太容易想要什麼就要得到什麼了，這樣的執行力用在讀書與工作上是好，在關係中難免太自我。與自己和解，是讓她擁有足夠的時間認識這個世界，就像回頭看小時候那個在大人面前話少不討喜的自己，並且告訴自己沒關係，讓Mimo的成長填補我心中的那一塊空缺。

適居帶

circumstellar habitable zone

指星系中適合生命發展的區域，範圍內的行星表面溫度能使液態水存在。例如太陽系的適居帶為距離太陽0.99至1.7天文單位之間的地方。

找到適居帶

我花了太長時間才明白，
每顆星都有他的適居帶。

新海誠的作品中，我最喜歡由雨中的庭園與《萬葉集》所構成的《言葉之庭》，他說：「不要緊，反正每個人或多或少都有些不正常呀。」好像無論你受了什麼難以理解的傷、無論你如何與眾不同，都能在某一天找到相似的靈魂，相伴痊癒。

在這本新書裡我談了很多異與同，內向與外向、低谷與明日、照顧與被照顧、怕光與發光、計劃與無常、迷路與歸途、世故與本心。在書寫《借一個你的睡前時間》與《怕光的行星》之間，我在不停地在這些課題之間拉扯並成長，我想要發光卻又十分畏光，害怕踏出第一步卻以失敗收場。

我們都害怕被丟下，像是某些話題不能參與的時候，像是所有人都在前進但只有自己停下的時候。當朋友考上厲害的研究所、當同學出國工作、當其他人都乘著太空船各自前往不同的星系時，就只有自己停留在原地的惶恐會促使我們想要馬上也跟著前進，進而打亂了自己的時序。我們看到了他們閃耀的一面，卻忘了他們也會感到不安、也會擔心無功而返。

而所謂的適居帶，是在生活的目標與現狀之間找到平衡，並在能力範圍內有合理的期待。

這兩年我有所成長的，例如社交，我早就知道自己喜歡獨處更甚熱鬧，卻花了太久糾結於怎麼偽裝，擔心不從眾的自己會被他人討厭。我開始練習，練習不再逼自己頻繁參加公司各種活動與聚會，即使被認為孤僻也沒關係，只要在工作時用更友好的態度展現平易近人的一面就好。我想要透過平常的相處，用自己習慣的步調認識其他人。

還有練習對明天擁有合理的期待，因為以前的我得失心太重了、好勝心太強了，會把得不到的全當作遺憾。

例如養貓，我嚮往擁有一間自己設計的貓書房，但那顯然是一個遙遠的夢想，因此，現在的我力所能及的，是悉心計算Mimo一天該攝取的熱量與飲水量、遵照貓咪的天性佈置家中的躲藏處及垂直空間、每個月把全部的貓砂換掉並把砂盆清洗乾淨等等。可能這許許多多的小細節已經比很多養貓人家還要用心，卻在富養貓咪的飼主眼裡都只是基本而已。養貓的方式百百種，並沒有一張評分表或飼養手冊可以說明誰比誰更好，我只能盡己所能，達到我認為對生命負責需要達到的標準，並且期待有能力做到更好的日子到來。

面對生活，我們的表現究竟夠不夠好，應該只能與自己比較，而不是與別人攀比。

在現有的資源下做到自己認為的最好，不過分追求超過能力範圍的物質，也不過分懶散地愧對當下的時光。相信對待生活每件事的態度與花費的精力，都會隨著時間的長河、隨著每一趟旅途形塑出「自己」。

希望這本書能陪你找到自己的適居帶，希望坐在低谷裡的你記得抬頭仰望星空，也希望這本書能讓你明白這些焦慮與不安都是能夠被感同身受的。

後記

"The nitrogen in our DNA, the calcium in our teeth, the iron in our blood, the carbon in our apple pies were made in the interiors of collapsing stars. We are made of star stuff."

—— Carl Sagan, Cosmos

我看過一個很浪漫的說法，說人類是星星做成的。人類身體的所有成分都來自超新星爆炸，所以我們才那麼喜歡浩瀚星河，科學家窮盡一生觀測宇宙、尋找星河的起源，因為人總是對故鄉有著特別的眷戀。

很遺憾的是我至今還沒去過離島或北歐，無緣去見星河或極光。但或許就是因為這些嚮往，讓我能夠繼續希冀明天的到來。

我們就像一顆遺世獨立的星星，渴望發光卻又畏懼發光後被眾人注目並檢視，想要靠近卻擔心一個碰撞就與他人分離。在書寫這本書時，我也擔心這樣的自己無法被讀者接受，卻依然相信總會有相似的人能夠透過這些文字與我產生共鳴。這本書承載著很多成長痛，我也終於在寫完的那一瞬間，覺得能夠帶著曾經停滯不前的自己，往下一個目的地前進了。

再次謝謝你們找到我。

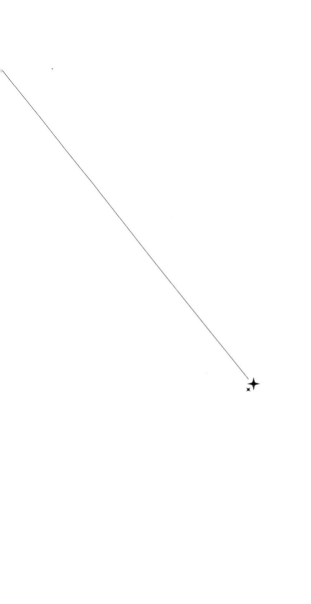

怕光的行星

作　　者　狼焉
責任編輯　鄭世佳 Josephine Cheng
責任行銷　袁筱婷 Sirius Yuan
封面裝幀　木木 LIN
版面構成　譚思敏 Emma Tan
校　　對　許芳菁 Carolyn Hsu

發 行 人　林隆奮 Frank Lin
社　　長　蘇國林 Green Su

總 編 輯　葉怡慧 Carol Yeh
行銷主任　朱韻淑 Vina Ju
業務處長　吳宗庭 Tim Wu
業務主任　蘇倍生 Benson Su
業務專員　鍾依娟 Irina Chung
業務秘書　陳曉琪 Angel Chen
　　　　　莊皓雯 Gia Chuang

發行公司　精誠資訊股份有限公司
　　　　　悅知文化
地　　址　105台北市松山區復興北路99號12樓
專　　線　(02) 2719-8811
傳　　真　(02) 2719-7980
網　　址　http://www.delightpress.com.tw
客服信箱　cs@delightpress.com.tw
I S B N　978-986-510-240-1
建議售價　新台幣360元
首版一刷　2022年9月

國家圖書館出版品預行編目資料

怕光的行星／狼焉著. -- 初版. -- 臺北市：精誠資訊股份有限公司, 2022.09
　面；　公分
ISBN 978-986-510-240-1（平裝）
863.55　　111013547

建議分類｜華文創作、散文

悅知文化 Delight Press

線上讀者問卷 TAKE OUR ONLINE READER SURV

因為我們擁擠地居住在同一顆星球，所以才會去努力化解干戈，為自己理想的世界盡力而為。

——《怕光的行星》

請拿出手機掃描以下QRcode或輸入以下網址，即可連結讀者問卷。
關於這本書的任何閱讀心得或建議，歡迎與我們分享 ︶

https://bit.ly/3ioQ55B